SENHOR D.

ALAN LIGHTMAN

Senhor D.

Tradução
Laura Teixeira Motta

Companhia Das Letras

Copyright © 2012 by Alan Lightman

Grafia atualizada segundo o Acordo Ortográfico da Língua Portuguesa de 1990, que entrou em vigor no Brasil em 2009.

Título original
Mr g

Capa
Rodrigo Maroja

Preparação
Andressa Bezerra Corrêa

Revisão
Ana Maria Barbosa
Valquíria Della Pozza

Dados Internacionais de Catalogação na Publicação (CIP)
(Câmara Brasileira do Livro, SP, Brasil)

Lightman, Alan
    Senhor D. / Alan Lightman ; tradução de Laura Teixeira
Motta — 1ª ed. — São Paulo : Companhia das Letras, 2017.

    Título original: Mr g.
    ISBN 978-85-359-2840-2

    1. Evolução – Ficção 2. Ficção norte-americana 3. Universo
    I. Título.

16-08274   CDD-813

Índice para catálogo sistemático:
1. Ficção : Literatura norte-americana   813

[2017]
Todos os direitos desta edição reservados à
EDITORA SCHWARCZ S.A.
Rua Bandeira Paulista, 702, cj. 32
04532-002 — São Paulo — SP
Telefone: (11) 3707-3500
www.companhiadasletras.com.br
www.blogdacompanhia.com.br
facebook.com/companhiadasletras
instagram.com/companhiadasletras
twitter.com/cialetras

Dedico este livro ao meu irmão Ronnie Lightman (1951-2010)

Tempo

Pelo que me lembro, eu tinha acabado de acordar de um cochilo quando decidi criar o universo.

Não acontecia muita coisa naquele tempo. Aliás, o tempo não existia. Nem o espaço. Quando você olhava para o Vazio, na verdade estava olhando para o seu pensamento, nada mais. E se tentasse imaginar vento, estrelas ou água, não conseguiria dar forma nem textura a suas ideias.

Essas coisas não existiam. Liso, áspero, ceroso, afiado, espinhento, quebradiço, nem mesmo qualidades assim tinham significado. Praticamente tudo dormia num infinito torpor de potencialidade. Eu sabia que era capaz de fazer o que quisesse. Mas é aí que estava o problema. Possibilidades ilimitadas geram indecisão ilimitada. Quando eu pensava nesta ou naquela criação específica, em dúvida sobre como cada coisa sairia, ficava nervoso e acabava dormindo de novo. Mas num dado momento consegui... Se não deixar as dúvidas de lado completamente, pelo menos arriscar.

Quase no mesmo instante, assim pareceu, minha Tia Penélope me perguntou por que afinal eu queria fazer uma coisa dessas. Não estava contente com a vaziez tal como ela era? Sim, sim, eu disse, é claro, mas... Você vai arrumar confusão, avisou minha tia. Deixe Ele em paz, disse Tio Deva. Titio se aproximou com seus passinhos bambos e se pôs ao meu lado daquele seu jeito carinhoso. Por favor não me diga o que fazer, retrucou minha tia. Ela se virou para mim com um olhar duro. Sua cabeleira, despenteada e embaraçada como sempre, caía-lhe sobre os ombros avantajados. E então?, ela intimou, e ficou à espera. Eu não gostava nada quando Tia Penélope me olhava feio. Acho que vou fazer, eu disse por fim. Foi a primeira decisão que tomei em eras de existência imensurável, e me agradou a sensação de ter decidido alguma coisa. Ou, melhor dizendo, de ter decidido que algo tinha de ser feito, que havia mudança à vista. Eu tinha escolhido substituir o nada por alguma coisa. Alguma coisa não é nada. Alguma coisa poderia ser qualquer coisa. Minha imaginação estava a mil. Dali por diante, haveria um futuro, um presente e um passado. Um passado com nada, e então um futuro com alguma coisa.

Eu tinha, portanto, acabado de criar o tempo. Mas não intencionalmente. Acontece que minha resolução de agir, de fazer coisas, de pôr fim à incessante ausência de eventos, requeria o tempo. Ao decidir criar alguma coisa, finquei uma seta no Vazio disforme e infinito, uma seta que apontava para o futuro. A partir de então existiriam um antes e um depois, um fluxo contínuo de acontecimentos sucessivos, um movimento que se afastava do passado em direção ao futuro. Em outras palavras, uma jornada através do tempo. O tempo necessariamente veio antes da luz e da escuridão, da matéria e da energia, e até do espaço. O tempo foi minha primeira criação.

Às vezes só notamos a ausência de uma coisa quando ela se faz presente. Com a invenção do tempo, acontecimentos que antes se fundiam num amontoado amorfo começaram a ganhar forma. Agora cada evento podia ser envolto num invólucro de tempo que o separava de todos os demais eventos. Cada movimento, pensamento ou a mais insignificante ocorrência podiam ser ordenados e situados com exatidão no tempo. Por exemplo, percebi que eu tinha dormido por um longuíssimo tempo. E que, perto de mim — só que não sei dizer quão perto, pois ainda não tinha criado o espaço —, Tia Penélope e Tio Deva também tinham dormido, e seus roncos fortes subiam e desciam como sei lá o quê, e seus remeximentos aconteciam no tempo. E suas intermináveis reclamações agora podiam ser identificadas com os momentos de vigília, que daí em diante podiam ser definidos como os períodos entre um sono e outro. Recusei-me a pensar em quanto tempo eu havia perdido. Na verdade, todos tínhamos dormido numa aprazível espécie de amnésia, de desmaio, de inconsciência infinita. Não leváramos uma vida prazerosa de várias maneiras no Vazio desestruturado, irresponsáveis por nossas ações? Sim, irresponsáveis. Pois, sem o tempo, não podia haver reações às ações, nem consequências. Sem o tempo, não era preciso deliberar sobre as implicações e os efeitos das decisões. Tínhamos estado todos à deriva num confortável Vazio sem responsabilidades.

Minha tia, veja você, reclamou quando ficou evidente que agora estávamos cônscios do tempo. Eu disse que você iria arrumar confusão. Dardejou um olhar de censura contra meu tio, como se ele me houvesse incentivado a agir. E então deu início a um lamentoso resumo das várias coisas que ela tinha feito e deixado de fazer no passado imediato, depois no passado anterior e assim por diante, voltando e voltando pelos agora visíveis abismos do tempo, até meu tio implorar que parasse. Você não devia ter criado o passado e o futuro, ela disse. Éramos felizes aqui. Viu só? Agora tenho de dizer *éramos*, ao passo que antes... Ah, olha aí, de novo. Era mais agradável quando tudo acontecia simultaneamente. Não suporto pensar no futuro. Mas, Titia, a senhora não acha que temos alguma responsabilidade perante o futuro? Com todas as coisas e seres que eu posso vir a criar? Absurdo!, esganiçou-se Tia Penélope. Que argumento mais bobo. Você não tem responsabilidade por coisas que ainda não existem e que nunca existirão se guardar para si esses pensamentos grandes. Mas agora é tarde demais, ela continuou. Posso sentir o tempo. Posso sentir o futuro. Ela engrenara num dos seus faniquitos, e o Vazio se contorcia e pulsava com sua irritação. Suavemente, meu tio afagou-a. Pela primeira vez, ela reagiu ao contato dele. Sua agitação foi diminuindo. Logo depois, ela percebeu que precisava pentear o cabelo, e isso foi o começo de algo, quiçá para melhor.

O Vazio

O tempo gotejou em certos períodos e intervalos. Em outros momentos, jorrou à frente, arrojou-se no futuro, depois freou e voltou a gotejar devagarinho. Ao criar o tempo, eu não havia decidido se ele passaria uniformemente ou em arrancadas. Mas a questão era mais espinhosa. Como eu ainda não tinha criado os relógios, não era possível dizer o que constituía um passar do tempo regular ou em espasmos. Não havia nada para medi-lo. Talvez o movimento do tempo até fosse relativo ao observador. Ou, quem sabe, fosse apenas percepção. No princípio, só o que qualquer um de nós sabia com certeza era que o tempo passava. Eu não estava a fim de me comprometer logo de cara com uma ou outra possibilidade. Já tinha feito ponderações demais. Por isso, resolvi decidir a textura do tempo em alguma data futura.

Fosse o tempo regular ou espasmódico, sua criação já tinha alterado o Vazio. Antes do tempo, não nos movíamos pelo Vazio, no verdadeiro sentido da expressão. Seria mais acertado dizer que o vivenciávamos todo de uma vez. Melhor ainda, o Vazio se agarrava ao nosso ser, o Vazio continha nossos pensamentos, o

Vazio constituía o *nada* em contraste com o *algum* que existia. Depois do tempo, o Vazio continuou a ser infinito e imutável, só que agora podíamos viajar através dele, pensar nele, dizer que tínhamos estado em um lugar do Vazio num momento e em outro no momento seguinte. Não que o Vazio tivesse placas de sinalização ou marcadores designando localizações definidas — ele era perfeitamente uniforme, sem coisa alguma, sem forma —, mas entendíamos que essas localizações existiam em princípio e que podíamos passar de uma para outra no decorrer do tempo. E, muito embora no Vazio não existisse nada, absolutamente nada, em vários momentos era possível vislumbrar alguns aspectos sutilíssimos: ligeiros babados, véus, umas estrias diáfanas, vales de coisa nenhuma que apareciam e desapareciam. Essas fugidias estruturas surgiam em meio às junções das muitas camadas de nada empilhadas umas sobre as outras, nos locais onde elas não se encaixavam com precisão. Se começássemos a nos mover na direção de alguma dessas topografias evanescentes, ela desaparecia num átimo, mas ainda assim possibilitaria uma rota de viagem momentânea, um destino fugaz, uma breve interrupção na total amorfia do Vazio.

Passei enormes faixas de tempo me deslocando pelo Vazio. Mesmo sem nada, o Vazio sempre me acenava com seus infinitos mananciais de possibilidades. Eu seguia demoradamente em certa direção através de vapores de vacuidade; de repente, decidia que queria explorar território novo, virava à direita ou à esquerda e seguia por um longo período noutra direção. De vez em quando, fazia meia-volta e retornava pelo mesmo caminho, viajando por durações descomunais através de um espaço vazio, depois outro e mais outro. Era comum eu não ter em vista nenhum destino específico e apenas obedecer a uma curiosidade natural de entender como o Vazio fora transformado pelo tempo. Às vezes, eu entrava num jogo comigo mesmo: fingia que estava perdido e identificava minha posição não por um conhecimento inato, mas estimando quanto tempo eu tinha passado nas várias direções e fazendo cálculos geométricos. Numa ocasião, segui por uma trajetória espiralada de diâmetros crescentes, passando perto de lugares em que já tinha estado; na realidade, era a mesma vaziez, mas com mudanças infinitesimalmente sutis a cada repetição, minúsculas alterações no vácuo ensejadas pela passagem do tempo. Às vezes, eu parava e me punha a admirar a beleza silenciosa do Vazio, a serenidade, as infinitas pilastras e balaustradas de nada. Não era possível aferir a distância percorrida nessas minhas excursões, já que o espaço não existia, mas eu sabia que um tempo enorme havia passado. Em vários momentos, Titia ou Titio surgiam detrás de um torvelinho brumoso do Vazio, registrávamos a surpresa pelo nosso encontro, dizíamos "olá", e cada um seguia seu caminho. Esses encontros fortuitos requeriam um antes e um depois, e nunca tinham acontecido antes da criação do tempo.

Posso dizer que as minhas longas jornadas pelo Vazio eram agradáveis. Eu gostava de estar em movimento, ir de um lugar a outro. Com isso, sentia maior intensidade da existência, do ser. E a vaziez tinha um jeito de se acumular à medida que eu viajava, as nuvens e os vapores de nada iam grudando em mim, mais e mais, e me davam a sensação de vestir um manto cada vez mais espesso de almofadas fofas. Com certeza eu tinha um vácuo total em que pensar. Uma vez que o Vazio era um nada total e absoluto, passei a preenchê-lo com meus pensamentos, e esses pensamentos serviam como uma espécie de poste de sinalização. Aqui foi onde tive a ideia da razão universal entre a circunferência e o diâmetro, o número π; ali foi onde me ocorreu a noção de um espectro de cores. E assim por diante. O Vazio era um generoso receptáculo para meus pensamentos, era o meu playground de ideias.

E havia a música. O Vazio sempre vibrara com a música dos meus pensamentos; mas, antes da existência do tempo, a totalidade dos sons ocorria simultaneamente, como se milhares e milhares de notas fossem tocadas de uma vez só. Agora podíamos ouvir uma nota depois da outra, cascatas de som, arpejos e glissades. Podíamos ouvir melodias, ritmos e frases métricas congregando-se no tempo em deliciosos rebanhos de som. Binários, ternários, sincopações nos tempos fracos. Em nossos movimentos pelo espaço, todos nós — Tia Penélope, Tio Deva e eu — éramos hipnotizados pelos sons mais encantadores, as suaves, melódicas e entusiásticas oscilações do Vazio.

Boa parte da música eu engendrei a partir de uma escala com taxa fixa de frequências, geralmente $2^{1/12}$, pois as potências exponenciais desse número eram próximas das razões de integrais pequenos como 3:2 e 4:3. Os acordes baseados nessas escalas eram agradáveis de ouvir. Mas também fiz experimentos com razões de quarto de tom, razões não harmônicas e até com escalas de razões variáveis. Essas também produziam belas músicas, contanto que duas notas diferentes não soassem juntas. Variando a intensidade dos harmônicos de cada tom, eu criava uma variedade infinita de sons.

Em cada lugar e momento, estávamos envoltos, engolfados em música. Às vezes, a música irrompia em vagalhões impetuosos. Em outros casos, avançava em passinhos suavíssimos, delicada como um tênue véu no Vazio. A música aderia ao nosso ser como as porções da vaziez haviam feito no passado. Ela entrava em nós. Eu tinha criado a música, mas agora a música criava; ela se elevava, se refazia e formava uma totalidade do ser.

Espaço

Eu tinha em mente uma porção de coisas que queria fazer. Mas, sem experiência com a materialidade, só podia pensar nessas coisas segundo suas funções ou qualidades: a quantificação do tempo, comunicação, luz, abrigo etc. Logo me cansei de abstrações. Queria tocar e sentir. Afinal, tinha dormido por muito tempo. Diria que também precisava de algo novo para me interessar, um desafio, talvez outros seres para me surpreender e me entreter. Minhas ideias, para invenções animadas e inanimadas, requeriam existência material, extensão, volume. E para isso eu precisava criar o espaço.

O espaço não apareceu de uma vez, e sim numa lânguida progressão, crescendo gradualmente em comprimento, largura e profundidade. (Experimentei vários números de dimensões. Duas me pareceram desnecessariamente confinantes, sufocantes mesmo, enquanto quatro ou mais achei um exagero, que além disso poderia facilitar a perda de objetos pequenos. Decidi começar com três.) Pelo que me lembro, o espaço surgiu numa minúscula bolha arredondada, imóvel na minha mente. Depois ela se alongou um pouquinho emitindo um zumbido agudo. Por algum tempo, o universo foi um minúsculo elipsoide. Devagar, com uns ruídos impacientes, a largura e a profundidade começaram a alcançar o comprimento. A esfericidade restaurou-se. E então, com um suspiro e um ronco grave, as três dimensões começaram a se desenredar todas de uma vez e se espraiaram aos trancos pelo Vazio.

Nascera o meu universo! No começo ele era pequenino, porém belo, uma linda esferazinha. Tinha as superfícies lisas e sedosas, mas infinitamente fortes. Cintilava. Girava de leve. E vibrava de energia. Descobri que não podia criar o espaço sem energia. Os dois eram ligados, como se um desse forma ao outro. A energia uivava, lutava para escapar daquelas paredes lisas e sedosas, mas não conseguia, pois as paredes continham tudo o que existia (exceto eu, Titia e Titio), e era matemática e tautologicamente impossível qualquer coisa lá dentro emergir no exterior. Somente o Vazio permanecia fora daquelas paredes. Em sua contínua batalha para escapar do inescapável, a energia fervia e pululava a uma temperatura feroz, distorcia as paredes, espichava- -as ora numa direção, ora noutra. Então, como que frustrada, ela começou a esticar o espaço por si mesma, dobrando diâmetros e circunferências, ângulos e curvas, contorcendo até a matemática do espaço. A geometria reagiu às violentas tensões e distorções emitindo seu próprio zumbido estridente, e as duas — energia e geometria — engalfinharam-se com um guincho penetrante: primeiro as mesas e terraços do espaço sobrepujando a energia pela força bruta, depois a energia revidando e remodelando a arquitetura do espaço. No desenrolar desse combate, a minúscula esfera que era o universo começou a inflar numa velocidade assustadora.

Tia Penélope, que num raro momento estava escovando os cabelos calmamente, foi derrubada pela esfera em expansão. Me salve!, ela berrou para Tio Deva, fazendo um dramalhão como de costume. Titio a ajudou a se endireitar e se equilibrar. O que foi aquilo?, ela bradou. Que impertinência! E, sem agradecer ao meu tio, retirou-se pisando duro pelo Vazio. Mesmo depois de ela ter sumido por trás das dobras e pregas do vácuo, eu ouvia seus resmungos: o que será que Ele aprontou desta vez? Isso não tem fim, não tem fim. Não tem fim, isso. Não tem. Isso não tem fim...

Nesse meio-tempo, meu universo foi ficando cada vez maior. Uma vez criado, ele parecia decidido a engordar o máximo possível. Resolvi fazer outro. Esse eu espetei de leve no momento em que surgiu, uma picadinha de nada, para ver o que uma ligeira alteração poderia causar. A pequenina esfera começou a se expandir como o universo anterior, mas momentos depois a expansão estacou, pairou brevemente num equilíbrio efêmero, começou a se contrair, a minguar, e foi ficando cada vez menor até ser um ínfimo ponto. Por fim, com um estalinho, desapareceu. Adorei. Fiz outros universos. Em cada um, tentei uma variação. Em alguns, dei um empurrãozinho lateral. Em outros, aumentei um pouco o giro. Alguns eu espremi no momento exato da criação, para adicionar um tantinho de energia. Em outros cheguei a alterar o número de dimensões do espaço: quatro, sete, dezesseis, para ver o que poderia acontecer. E por que não tentar dimensões fracionárias, como 13,8? Alguns universos nunca chegaram a nascer, pois não puderam conciliar todas as condições iniciais. Alguns surgiram de súbito com uma energia assustadora, depois sumiram aos poucos. Uns permaneceram fraquinhos desde o início; outros dispararam pelo Vazio com trinados e vibratos agudíssimos. Um universo permaneceu constante em tamanho, mas girou cada vez mais rápido até se partir ao meio. Vários começaram a se expandir, depois se contraíram até quase desaparecer, hesitaram e tornaram a se expandir numa espécie de renascimento espumoso. E se puseram a repetir todo o ciclo, expansão, contração, expansão, contração, e assim por diante, numa interminável série de nascimentos, destruições e renascimentos.

Depois de algum tempo havia um gigantesco número de universos em circulação, girando nos eixos, latejando e pulsando, expandindo-se e contraindo-se a uma velocidade fantástica. Minha tia andava sumida. Tio Deva, por mais que simpatizasse com minha iniciativa, tratara de se abrigar. Logo, como parecia quase inevitável, alguns dos universos começaram a colidir. Cada colisão produzia uma explosão tremenda e arremessava fragmentos de mundos através do Vazio, oscilando dimensões, fragmentando energias.

Eu me dei conta de que não tinha refletido bem sobre se devia fazer um universo ou muitos. Talvez eu devesse ter sido mais prudente. Um universo evitaria a possibilidade de colisões; por outro lado, poderia ser maçante. Um universo teria uma verdade. Muitos poderiam ter muitas verdades. Ambas as proposições tinham suas vantagens e desvantagens.

Sentei, me concentrei e comecei a ponderar a questão. Meditei. Tentei deixar que todos os pensamentos se esvaíssem da minha mente. Inspirei o Vazio, expirei o Vazio. Inspirei o Vazio, expirei o Vazio. Devagar, fui me acalmando. Uma paz permeou o Vazio. Titia e Titio apareceram como um par de pontinhos luminosos dançando uma valsa, e uma paz desceu sobre eles também. E o Vazio serenou, suspirou e se deixou levar no tempo que passava. Inspirei, expirei e cheguei à decisão de que deveria existir apenas Um, um só universo, e a miríade de universos temporais que eu havia feito foi se desvanecendo, dissolveu-se, e o universo único permaneceu.

Então, enquanto meditava, decidi criar a física quântica. Eu era um aficionado da certeza da lógica e das definições claras, mas ainda assim sentia que as bordas nítidas da existência precisavam de alguma suavidade. Eu queria um pouco de ambiguidade artística nas minhas criações, uma difusão deliberada. Talvez a física quântica tenha se inventado. Matematicamente, era deslumbrante. E sutil. Assim que criei a física quântica, todos os objetos — muito embora àquela altura só na minha mente existissem objetos — saíram em profusão e se avolumaram numa névoa de posição indefinida. Todas as certezas transformaram-se em probabilidades, e meus pensamentos bifurcaram-se em dualidades: sim e não, quebradiço e flexível, on e off. Dali por diante, as coisas poderiam estar aqui ou lá ao mesmo tempo. O Um tornou-se Muitos. E um grande manto macio de indeterminismo envolveu o Vazio. Minha respiração desacelerou-se até uma imperceptibilidade sonolenta. Prestando bastante atenção, eu podia ouvir um quatrilhão de tênues farfalhos e tinidos vindos de todo o Vazio, o som de novos universos aguardando a existência. Com a invenção do quantum, cada ponto do Vazio adquirira o potencial de se tornar um novo universo, e essa potencialidade não podia ser negada. Minha criação do tempo, e depois do espaço, tornara um universo possível. E essa possibilidade em si, aninhada na espuma quântica do Vazio, era suficiente para ensejar um número infinito de universos. Não demorou que novos universos estivessem novamente zunindo pelo vácuo. Reconsiderei minha decisão de que só deveria existir Um. Ou, para ser mais exato, minha criação da física quântica precisava dos Muitos. Perscrutando o Vazio, tentei encontrar meu universo original, o primeiro que eu fizera. Mas ele estava irremediavelmente perdido em meio aos bilhões e bilhões de outros em movimento, esferas pulsantes, elipsoides distendidos, cosmos giratórios esperneando de energia. O Vazio estremecia com estrondos e guinchos e estalos.

Dali a pouco, Tia Penélope saiu de seu esconderijo, Tio Deva também apareceu. Você andou bem ocupado, comentou Titio, fitando um pouco irritado os muitos universos à vista. Se eu fosse você, não me apegaria a nenhum deles. Só iria se decepcionar. Tomei nota desse conselho. Eu já me afeiçoara muito a algumas das esferas em expansão.

Afinal, o que há nessas coisas?, perguntou Tia Penélope. Espaço, respondi. Ela bufou. Bem, já que agora temos espaço, eu gostaria de uma poltrona para me sentar, por gentileza. Estou em pé há muito tempo. Fiz então uma poltrona para Tia Penélope. Essa poltrona foi minha primeira criação de matéria. Tinha três pernas arqueadas e um encosto octogonal, e eu a projetei para que fosse confortável, mas não confortável demais. Titia sentou-se sem comentários.

Muito mais estava por vir. Eu queria fazer mais matéria. Queria fazer galáxias e estrelas. Queria fazer planetas. Queria fazer seres vivos e mentes. Mas por ora me sentei, meditei e contemplei satisfeito os universos vazios, porém vibrantes, que havia criado.

Um estranho aparece no Vazio

Meditei. Meditei pra valer. Estou meditando. Meditarei. Embora eu houvesse esvaziado a mente de pensamentos, continuava ciente dos novos universos em circulação. Sentia a presença das esferas pulsantes, sentia o volume e o espaço no interior delas. E o mais importante: eu sentia o *potencial* do espaço agora espalhado pelo Vazio. Enquanto vagava em meu estado meditativo, eu não estava mais perambulando através de um Vazio disforme e atemporal, mas sim um Vazio agora marchetado com tempo e espaço. A vaziez tremeluzia com possibilidades, cada volumezinho oscilava com uma nebulosa versão de tudo o que poderia ser, de tudo o que eu poderia acabar criando. Era uma pressão, um peso, um zumbido baixo. E, como o Vazio, eu também tinha mudado. Um imenso *desabrochar* acontecera em meu ser, como se cada grau de consciência houvesse se multiplicado até mil graus de consciência, cada ação possível se ramificasse em mil ações possíveis. Com a nova realidade quântica adquiri uma refinada noção do fenomenal número de decisões e das possibilidades factíveis a cada ponto da existência, cada uma com suas consequências, formando uma cadeia infinita de potencialidades. Dali por diante, quando decidisse criar alguma coisa, eu precisaria criar não só a coisa em si, mas cada variação concebível dela, cada qual com sua própria probabilidade. Agora existência era multiplicidade. Essas novas sensações e realidades não eram desagradáveis, mas sem dúvida exigiam certas adaptações e concessões.

Quando finalmente emergi das minhas meditações, havia um estranho ao meu lado. E, atrás dele, outra criatura: um ser gordo e atarracado com uma expressão que parecia congelada num sorrisão afetado. Na interminável vastidão da existência, nunca existira ninguém além de mim mesmo, Tia Penélope e Tio Deva. Gostei de ter outro ser com quem conversar, mas não estava acostumado a encontrar coisas que não fossem da minha lavra.

"Bom dia", disse o estranho. "Se me for permitida a liberdade de usar tal expressão. Ela virá com criações futuras."

"Não convidei você aqui", eu disse.

O estranho assentiu, reconhecendo meu comentário, mas sem se desculpar. Era alto e magro, e em sua postura havia desenvoltura e formalidade ao mesmo tempo. "Você tem uma existência agradável aqui", ele disse. "Viajei recentemente por essas regiões, e elas transmitem uma inequívoca tranquilidade. Imagino que irá querer permanecer aqui tanto quanto possível, talvez para sempre." A voz dele não entrava em minha mente do mesmo modo que a dos meus tios; parecia vir soprada por uma brisa do Vazio, muito embora por uma eternidade o Vazio não contivesse vento.

"Não que eu o inveje", disse o estranho. "Mas sem dúvida você tem uma situação confortável."

"Confortável demais", disse o bicho de sorriso arreganhado ao lado dele.

"Ponha-se no seu lugar, Bafomé", disse o estranho.

A criatura soltou um ganido, como se tivesse levado um tremendo safanão, depois fez três mesuras ao estranho alto, sem relaxar o esgar no rosto.

"Desculpe, Bafomé", disse o estranho, com os olhos cravados em mim. "Ele é um bom companheiro de viagem." Fez uma pausa. "Curiosa, essa vaziez", disse. "Parece não ter existência alguma, independentemente da percepção que temos dela. Uma substância interessante. Pode-se achá-la agradável ou desagradável, forte ou fraca, e essa seria de fato a sua realidade. A mente é seu próprio lugar, não concorda? Consideremos a música, por exemplo. Belíssima, meus cumprimentos. Faz algum tempo que a ouço e a aprecio. Entretanto, não é concebível que, para alguma outra mente, alguma outra sensibilidade, essa mesma música possa parecer… digamos, detestável?"

"Eu, por exemplo, não gosto nadinha dessa música", disse Bafomé, e depressa o bicho fez outra mesura e abriu o sorrisão.

O estranho se virou e encarou o bicho, depois se voltou de novo para mim. "Mas tenho uma pergunta mais séria a lhe fazer", disse. "Acha possível uma coisa e seu oposto serem verdade?"

Apesar do meu espanto com o estranho e seu rude companheiro, eu estava encantado com ele, hipnotizado até. Decidi responder.

"Uma coisa e seu oposto não podem ser verdade num sistema de pensamento racional", falei. "Mas pensamentos racionais levam apenas a pensamentos racionais, ao passo que pensamentos irracionais levam a…"

"Novas experiências."

"Sim", respondi. "Minha mente engloba o racional e o irracional. Mas certas coisas precisam ter coerência lógica, portanto racionalidade."

"Exatamente", disse o estranho. "A matemática, por exemplo. Mas a coerência lógica pode ser enganosa. Até na matemática a verdade ou a falsidade de alguns teoremas não pode ser provada. Curioso, não acha?"

"Mas isso não vem ao caso. Cada teorema ou é verdadeiro ou é falso, independentemente de poder ser provado dentro das limitações dos cálculos."

"Sim, sim", disse o estranho. "Já vi que podemos conversar."

Enquanto falávamos, Bafomé dava cambalhotas e saltos acrobáticos, sem tirar os olhos de nós e o sorrisão da cara. Seu amo não prestava atenção.

"Não tenho certeza", continuou o estranho, "mas diria que você é mais fluente no racional. Ele tem seus atrativos. No entanto, o irracional permite um maior exercício do, digamos... *poder*. Se esse for o seu objetivo, naturalmente. No momento você parece não ter necessidade de exercitar seu poder."

"Prefiro usá-lo apenas no escopo e magnitude requeridos para cada situação", falei. "Mas tenho poder ilimitado, se necessário."

"Ficaria encantado em ver uma demonstração qualquer hora dessas." O estranho chegou mais perto. "Mas o alvo do poder é mais interessante do que sua quantidade. Nesse quesito, diga-me: você acha que o fim sempre justifica os meios? Ou, ao tentar atingir seus objetivos, você traça algum limite de custo e grau de sacrifício, além do qual não iria?"

"Não dá para pensar nessa questão em termos gerais."

"Ah, não acredita em princípios absolutos. Vamos nos entender ainda melhor do que eu pensava. Sua resposta implica que em algumas situações você estaria disposto a aceitar qualquer preço para atingir seu objetivo, e em outras não. Depende da situação. Sim. É importante saber isso sobre si mesmo."

O estranho despregou o olhar de mim e fitou o Vazio. Parecia ocupado com alguma coisa em particular, um dos cosmos, malformado e palpitante como se estivesse prestes a explodir.

Olhava para esse cosmo com satisfação. Depois, virou-se de lado. Era tão magro que praticamente sumiu, visível apenas como uma linha preta. "Você já se perguntou", ele disse, "se é possível imaginar tudo o que virá a existir, ou se algumas coisas estão além da nossa capacidade de imaginá-las?" Fiz que sim. "E, sendo infinita como é a gama de possibilidades", ele prosseguiu, "se existe ainda que seja uma fração de possibilidades que não podemos imaginar, então há um número infinito de possibilidades que não podemos imaginar. Portanto, mesmo com poder infinito, poderíamos nos surpreender com o que acontecer no futuro. Concorda?" O estranho virou-se de novo para mim, inclinou-se e me olhou com uma expressão singular.

"Sim."

"Esses universos que você criou", ele disse, indicando com um gesto as trepidantes esferas e elipsoides à nossa volta. "Muitos terminarão em tragédia. Ou, melhor dizendo, a matéria animada que você porá neles, os seres inteligentes, se contorcerão, sofrerão e terão fins desditosos." Ele sorriu.

"Não tenho essa intenção", falei. "Eu não permitiria que isso acontecesse."

"Desculpe se o que eu disse o perturbou."

"Ordeno-o à inexistência", falei.

"Lamento dizer que não pode fazer isso." E o estranho, alto como era, ficou mais alto, como se antes estivesse agachado. "As multidões cintilantes", ele disse. "Tantas vidinhas não representam nada. Eu lhe pergunto: quanto é infinito multiplicado por zero? Nem vale a pena discutir... Minhas saudações ao seu tio e à sua tia." O estranho fez uma reverência. E, junto com o seu animal que me olhava com aquele sorrisão incessante, afastou-se no Vazio.

Pensando bem

Furioso, despedacei milhares de universos nascentes. Alguns, estrangulei todo o espaço de dentro deles, deixando murchos invólucros de nada. Do Vazio ao Vazio. Em outros vomitei tanta energia que explodiram numa catástrofe sem som. Joguei uns universos por cima de outros, derramei uns sobre outros. Dilacerei o espaço. Espalhei a geometria. Esmaguei, destruí. Nunca havia sentido uma emoção daquelas, e o Vazio ferveu com minha ira, e a música do Vazio descambou para um guincho de acordes em colisão.

O que está fazendo?, gritou meu tio. Agachou-se para apanhar pedaços de universos quebrados. Você me assustou, e à sua tia também. Os dois correram como se procurassem onde se esconder, depois se encolheram a certa distância, um tentando proteger o outro.

É claro que eu nunca faria nada que causasse mal ao Tio Deva e à Tia Penélope, mas estava agindo sem pensar. Eu era pura ação, e me vi causando estragos, como se fosse outro ser que se movia e esmagava criações alheias. Estava fora de mim. É difícil avaliar quanto isso durou. Por fim, minha fúria se abrandou. Olhei em volta e vi que tinha aniquilado vários dos universos que criara. Mas restavam muitos outros, e estavam crescendo. Eu não tinha destruído tudo.

Contei aos meus tios sobre o estranho. Que arrogância!, disse Tia Penélope. Ele não tinha o direito de vir, muito menos dessa maneira. Ele que me apareça aqui de novo. Você não deve se deixar abater.

Não sei não, eu disse a Titia. Talvez a senhora tivesse razão. Eu devia ter deixado tudo como estava, em um nada infinito. Não quero que minhas criações terminem em tragédia. Eu devia ter deixado as coisas como estavam.

Tragédias?, disse minha tia. Você se refere à criação de seres animados em seus universos? Preste atenção, Sobrinho. Em primeiro lugar, você não fez seres animados. Até agora, só fez cosmos vazios. E depois, mesmo que você crie seres animados, não sabe se eles sofrerão tragédias só porque aquele meliante presunçoso falou. Você está se esquecendo do poder que tem, Sobrinho. Você fez os cosmos. Se quiser, fará seres animados. E os fará como desejar. Tenha fé nas suas criações. Isso mesmo, isso mesmo, disse Tio Deva. Tenha fé. Sua tia e eu estamos do seu lado. Não estamos, Penélope? Totalmente.

Olhei para o Vazio, para os bilhões de cosmos que passavam zunindo, e me imaginei povoando-os com matéria, animada e inanimada. Imaginei átomos e moléculas. Imaginei gases e líquidos e sólidos. Imaginei silício e solo, atmosferas, elementos químicos, oceanos e lagos, montanhas, florestas, grandes nuvens pesadas, impulsos elétricos no espaço, movimentos de íons, membranas gelatinosas, bactérias. Imaginei cérebros, alguns feitos de matéria, alguns de energia. E imaginei criaturas inteligentes. E as criações *delas*. As cidades delas. Tentei visualizar o futuro. Será que minhas criações vivas sofreriam e se contorceriam em agonia? Seria necessariamente assim? Ou só teriam prazer e alegria? Eu sentia o futuro, mas não podia ouvi-lo. Procurei escutar. Conseguia ouvir as vozes dos trilhões de seres que poderiam surgir? Eles podiam me falar sobre a vida? Podiam me falar sobre o sofrimento? Mas eu não conseguia ouvi-los. Só ouvia o suave adágio do Vazio. Sentia o futuro, mas o futuro não existia. Contemplei os bilhões de universos, prenhes de vaziez e possibilidades, e fiquei cismando. Talvez eu devesse fazer apenas matéria inanimada. Seria mais simples e seguro. Mas eu podia limitar minhas produções a matéria inanimada? Eu podia fazer o que bem entendesse, mas poderia ter certeza quanto aos movimentos subsequentes de cada átomo feito? Poderia ter certeza de que trilhões de átomos insensíveis e mortos nunca se combinariam originando uma coisa que tivesse vida? E os mundos eram tantos!

Alguns princípios organizacionais

Posso dar-lhe alguns conselhos, Sobrinho?, disse Tia Penélope. Nós três vagueávamos pelo Vazio fazia algum tempo, conversando sobre como nossa existência havia mudado e limpando pedacinhos de detritos remanescentes. Não dê conselhos a Ele, disse Titio. Ele não precisa dos nossos conselhos. Silêncio, disse Tia Penélope. Tenho o direito de aconselhar meu Sobrinho. Se você não gostar, dê a Ele os seus próprios conselhos. Eu teria cuidado, disse Titio. É mesmo? Tia Penélope calou meu tio com um dos seus olhares. Mas, agora que ela se penteava regularmente, não parecia tão feroz quanto antes. Mesmo assim...

Tia Penélope me puxou de lado, deixando Titio sozinho. Quero que preste atenção, ela disse. Não é uma crítica. Seu tio e eu sempre o admiramos. Mas somos mais velhos e estamos vendo bem o que anda acontecendo por aqui... Você não devia fazer as coisas com tanta pressa. Faz tudo muito rápido. Vá mais devagar. Não se afobe com esse projeto.

Eu não tinha percebido que estava afobado, disse à minha tia.

E todas essas coisas voando por aí? Você as fez muito rápido, disse Titia. Por que não se concentra em apenas *um* dos seus universos e vê se consegue fazer um bom trabalho com ele?

Excelente conselho, disse Tio Deva, que estava um pouco afastado.

Qual deles a senhora gostaria?, perguntei à minha tia. A pergunta não era pra valer. Havia quatrilhões de esferas e hiper-boloides em circulação, a esta altura 10^{17} vezes maiores do que tinham sido apenas uns momentos antes. Este aqui, disse a minha tia, apanhando uma das esferas que passavam por nós. Trabalhe neste. Confiamos em você, seu tio e eu, e estamos certos de que se sairá bem com ele. Agora que já começou seu projeto, apenas vá com calma, é a minha sugestão.

Talvez fosse razoável esse conselho da minha tia. O universo em questão era quase esférico, girava ligeiramente e estava in-flando com furiosa determinação. A primeira coisa que fiz foi desacelerar sua expansão. Pronto, disse Tia Penélope, pelo me-nos agora nós podemos examiná-lo. Nós?, disse Deva. Deixe que Ele examine sozinho.

Acho bom marcar este aqui, falei, para que não se perca em meio aos outros. Belisquei de leve o universo, fazendo uma pe-quena depressão em seu centro. Interrompida no voo e retida, a coisa se acomodou ali.

Precisamos dar um nome a ele, disse Tio Deva. Tudo tem nome. Algo com uma cadência animada. Algo bonito. Que tal Amrita. Ou Anki. Ou Aalam.

Ai, que piegas, disse Tia Penélope. Você está sendo senti-mental. Além disso, não se pode dar nome a um universo inteiro.

É claro que pode, disse Titio. Um nome expressa sua essên-cia. Um nome dá caráter, personalidade à coisa.

Mas um universo não tem personalidade, ela replicou. Para

mim, um universo é... Ora, é uma totalidade. Um universo é tudo que existe, pelo menos dentro da coisa.

Mas nós estamos fora dela, disse Tio Deva.

Se é para dar nome, disse minha tia, pelo menos que seja um número, e não uma dessas coisas melosas que você mencionou.

Um número!, exclamou Tio Deva. É muito impessoal. Números são frios. O que você acha, Sobrinho?

Olhei para o cosmo beliscado, ainda firmemente seguro pela minha tia, que parecia temer que a qualquer momento ele escapasse zunindo. Para mim, aquilo não tinha cara de nada. Mas talvez viesse a combinar com seu nome. Muito bem, falei. Vou chamá-lo de Aalam-104729. Assim seja.

Cento e quatro mil, setecentos e vinte e nove?, disse Titio. Que número aleatório!

É o décimo milésimo número primo na base dez, falei. Não o esquecerei.

Percebeu por que eu queria um nome?, disse Titio. Agora ponha algum espírito na coisa.

Olhem só quem está dizendo a Ele o que fazer, disse Tia Penélope. Um momento atrás, você não...

Tudo tem de ter um espírito, Titio me disse. Faça do modo que quiser, mas dê-lhe um espírito. E use *sentimento*. Você fez algo grandioso, porém será mais grandioso se tiver sentimento e beleza e harmonia e...

Deva, nunca ouvi você falar tanto, disse Tia Penélope. Essa conversa está me cansando. Onde está minha poltrona? Onde está minha poltrona? Lá se foi o Tio Deva pachorrentamente buscar a poltrona, que ele chamava de Guptachandraha. Ele a trouxe, e Titia sentou-se com Aalam-104729 firme em seu poder. Ela se espreguiçou, deu um suspiro e começou a resmungar: primeiro isso, depois aquilo. Quando não é uma coisa, é outra, quando não é uma coisa, é outra. Os resmungos foram ficando mais esparsos, e ela fingiu adormecer.

Preciso pensar, falei. Se puser espírito e sentimento primeiro, receio que a coisa fique atrapalhada e confusa, e acabe no caos. Ela precisa começar com alguns *princípios organizacionais.* Tudo bem, tudo bem, disse meu tio. O projeto é seu. Princípios organizacionais. Tudo bem. Vamos deixar você sossegado para fazer isso. Mas nos avise quando concluir os... princípios organizacionais. Deixe-O sossegado, ele disse à Tia Penélope, que continuava fingindo que dormia. Titio foi até ela, desvencilhou Aalam-104729 e o trouxe para mim. Princípios organizacionais, disse Titio mais uma vez. Não se apresse, disse Tia Penélope. É só o que peço.

Em geral tento estar em toda parte ao mesmo tempo, mas fui para um lugar no Vazio onde pudesse ficar sozinho. Meditei, entrei no universo beliscado e dei uma olhada por lá. Era vazio, claro. Imaginei que me movia em várias direções no espaço, imaginei também que viajava no tempo avançando e voltando, e decidi que queria o meu universo totalmente simétrico no tempo e no espaço, de modo que um lugar e um momento pudessem ser iguais a qualquer outro lugar e momento. Esse era, sem comparação, o cosmo mais simples que eu podia fazer, e eu queria que o meu primeiro universo fosse simples. Simetria de posição e de momento. Essa foi minha primeira lei. E refiz Aalam-104729 para obedecer a essa primeira lei. Por alguns momentos, o universo estremeceu e murmurou, depois se aquietou. A primeira lei me pareceu boa.

Mas então comecei a refletir sobre futuro e passado. Dentro de Aalam-104729, eu queria saber com precisão que o futuro era diferente do passado, para que qualquer ser inteligente pudesse saber que *estavam acontecendo coisas*. Não era exatamente essa a razão de eu despertar da modorra, fazer coisas acontecerem?

Assim, refiz a energia em meu universo de modo que ela se concentrasse toda numa ordem quase perfeita, um contorno de energia nítido como fio de navalha. Quase imediatamente, a navalha de energia começou a se desgastar nas bordas, afrouxando, embotando-se, difundindo-se — e isso foi bom, porque passou a existir um futuro e um passado definidos. Em qualquer dado momento, o passado era a direção no tempo com mais nitidez e forma; e o futuro, a direção com menos. Fiquei satisfeito.

Criei então uma segunda lei. Não haveria absolutos no meu universo, apenas relativos. Em especial, não haveria a imobilidade absoluta em Aalam-104729. Eu queria que o único ponto de imobilidade absoluta fosse Eu. Se alguma coisa parecesse imóvel de uma perspectiva, de outra pareceria que se movia. Se um objeto material mudasse seu movimento, passasse de um movimento a outro, tudo deveria permanecer igual, sem um ponto de referência imóvel para dizer que um movimento diferia de outro. Essa segunda lei era um princípio de simetria, como o primeiro; havia nela uma beleza artística e era boa. Ou — se um princípio não pudesse ser considerado bom ou mau — pelo menos era satisfatória, parecia em harmonia com a música do Vazio.

A segunda lei vinculava necessariamente o tempo e o espaço, já que o movimento envolvia os dois. Um período de tempo específico significaria uma distância específica no espaço, sendo a proporcionalidade entre os dois uma velocidade fundamental do universo. Essa relação entre tempo e espaço também era bela e boa.

Seria afobação? Eu me perguntei se Tia Penélope estaria me observando. Embora eu estivesse dentro de Aalam-104729, podia observar lá fora, pois eu via tudo. Avistei meus tios ao longe no Vazio, e eles não prestavam atenção em mim. Tio Deva, não sei como, se instalara na poltrona da minha tia, esparramado como se pretendesse passar um bom tempo ali. E ela tentava desalojá-lo a tapas e empurrões.

Com os meus tios assim ocupados, criei uma terceira lei: todo evento deveria ser necessariamente causado por um evento anterior. Eu não queria coisas acontecendo a esmo no meu universo. Eventos sem causa levariam a um cosmo inconsequente, um universo regido pelo acaso. Segundo minha terceira lei, para cada evento deveria haver outro prévio sem o qual ele não teria acontecido. E esse evento anterior também seria requerido e determinado por um antecessor, e assim por diante, voltando por uma imensa cadeia até o *primeiro evento*, que era a minha criação original do universo. Essa lei também era boa. Prevenia o pandemônio. Dotava Aalam-104729 de causalidade. Dotava-o de lógica e racionalidade. E ligava tudo. Relações de causa e efeito se alastrariam de cada evento aos demais, até múltiplos eventos subsequentes, percorreriam em ondas todo o cosmo e ligariam a totalidade dos seres numa rede de interdependência e conexão. Até o menor dos eventos se ligaria a outros. Não era isso uma espécie de espiritualidade? Sabe, senti vontade de contar ao Tio Deva (que nesse momento ainda disputava com Tia Penélope a única poltrona existente). Racionalidade e lógica podem ser espirituais.

E mais: ainda sobrava muito lugar para o misterioso. Porque, mesmo que uma criatura muito inteligente dentro desse universo conseguisse associar cada evento a outro prévio e associar esse evento prévio a outro anterior e assim por diante, voltando sempre, ela não poderia penetrar além do Primeiro Evento. Nunca poderia saber de onde se originou esse Primeiro Evento, pois veio de fora do universo, do mesmo modo que essa criatura nunca poderia vivenciar o Vazio. A origem do Primeiro Evento permaneceria sempre incognoscível, a criatura estaria sempre tentando descobrir e esse querer saber engendraria um mistério. Assim, meu universo teria lógica, racionalidade e princípios organizacionais, mas também teria espiritualidade e mistério.

Três leis. Flutuei pelo interior de Aalam-104729, espremendo o vácuo aqui e ali para ver se as leis se sustentavam e comprovei isso. Nenhuma incoerência, nenhuma peça solta. Fiquei satisfeito com minha obra. Mais do que satisfeito. Analisando em retrospecto, criar um universo com princípios não me pareceu difícil. Eu havia me preocupado à toa. Estava ansioso para criar uma quarta lei. Talvez criasse uma dúzia. Ou duas dúzias.

Qual deveria ser a minha quarta lei? Tio Deva queria harmonia. Meus princípios de simetria já eram harmoniosos, mas eu podia fazer melhor. Dividi aquela energia toda em partes, cada qual com sua força correspondente, e ordenei as forças numa progressão da mais fraca para a mais forte. Muito bem. Harmonia. Decretei que cada força na progressão fosse mais intensa que a precedente segundo uma taxa constante, como uma escala musical suave. Pronto. O que poderia ser mais harmonioso? Mas quase imediatamente o universo começou a se contorcer e enrijecer. O espaço rachou. Pedaços de vazio passaram guinchando pelas fissuras. Logo depois, o universo virou-se do avesso e sumiu, e eu me vi parado adiante no Vazio. Evidentemente a quarta lei não era compatível com as três primeiras. A razão constante das forças, ainda que bela, contradizia a beleza ainda maior da relatividade intrínseca. Olhei em volta e, felizmente, não vi nenhum sinal dos meus tios. Peguei depressa outro universo mais ou menos do tamanho e forma de Aalam-104729, belisquei-o de leve no meio como fizera antes e apliquei-lhe minhas três primeiras leis. Seriam três, e só. Esse erro eu não cometeria mais.

Uma alma para o universo

Quando Tia Penélope e Tio Deva viram o cosmo que eu tinha feito, com suas três leis, não se decepcionaram.

Ora, ora, o que temos aqui?, disse meu tio, mais amarrotado que de costume. Pegou o universo e o esquadrinhou. Parece ser quase o mesmo de antes, mas está mais volumoso, ele declarou, e vibra com uma frequência mais alta. Sim, disse Titio, as três leis parecem estar combinando com a coisa.

É porque Ele está indo com calma, disse minha tia, como eu Lhe disse para fazer. Vá com calma, e poderá fazer um bom trabalho. Com afobação, poderá destruir um universo inteiro. Ah, seria uma pena!

Tio Deva passou o novo Aalam-104729 para Tia Penélope, que deu início à sua inspeção. Girou-o de lado, virou-o de cabeça para baixo, fez uma rotação completa. Ele continuava a se expandir, ficava maior a cada momento. Ela aprovou com a cabeça. E então, Sobrinho, o que virá agora?

Ele ainda está vazio, respondi. Talvez seja hora de começar a pôr coisas nele.

Se me permite uma última sugestão, disse Tio Deva. Você disse que o seu universo tinha espírito. Não entendo essas firulas de ligações causais etc. Você sempre ganha de mim nesse tipo de explicação. Tudo bem. Mas eu ficaria grato se você desse uma *alma* ao seu universo. Precisa se assegurar de que tudo nele esteja ligado não só às demais coisas, mas a *você*. Afinal você é o Criador.

Não acho necessário, falei. Sei que sou o Criador. Mas não há razão para que minhas criações saibam disso. Eu sei. O senhor sabe. Tia Penélope sabe. É o suficiente.

Não seja modesto, disse Tia Penélope. Desta vez, tenho de concordar com seu tio. Você é o Criador de todas as coisas. Suas criações devem entender isso. Devem ter alguma noção sobre você e suas infinidades. E não apenas a seu respeito: trata-se da nossa família, de todos nós aqui no Vazio, da nossa reputação. Você é um artista, Sobrinho. Deva e eu apreciamos o seu trabalho artístico, mas este público é pequeno.

Tia Penélope, por favor. Nem decidi se farei algum ser vivo, muito menos seres vivos *conscientes*, e muito menos seres que saibam sobre Mim. Talvez seja um alívio não ter essa noção. Talvez decida fazer apenas matéria inanimada.

Que desperdício, disse meu tio. Fazer um universo tão belo e dotá-lo apenas de matéria inanimada? Seria *maçante*. Maçante, eu lhe asseguro. Sou o único aqui que acha que seria maçante?

Seria maçante, disse Tia Penélope.

Sim, falei. Talvez seja maçante.

Então estamos combinados, disse Titio. Haverá matéria animada com inteligência e uma alma imortal em cada ser vivo, ligando-o a você.

Vamos com calma, respondi. Só nós e o Vazio podemos ser imortais. A imortalidade não existe em Aalam-104729. A coisa tem uma direção temporal, causada pelo arrefecimento de sua energia, e por fim tudo se dissipará. Nada dura para sempre em

Aalam-104729 ou em qualquer um dos universos que criei. Posso até pensar em fazer uma alma, mas ela não poderá ser imortal. Deve seguir a direção do tempo, como todo o resto. Deve decair e se desintegrar gradualmente. Não podemos começar a abrir exceções aqui e ali, de maneira precipitada, ou acabaremos de novo no caos. Preciso pensar no assunto... Talvez, na vida de cada criatura, eu permita um breve reconhecimento de algo vasto, um lampejo de Mim, uma insinuação do Vazio imutável e infinito.

Para depois as criaturas se extinguirem?, disse Tio Deva. Dissipar-se e morrer? E suas almas junto com elas? Ao menos permita que as almas retornem em novos corpos. Do contrário, será muito triste.

Lá vem você com pieguices de novo, disse Tia Penélope. O que é que sabe sobre tristeza? O que é que qualquer um de nós sabe? A tristeza pode nem existir. Vamos dar uma volta. Preciso me mexer um pouco.

Matéria

Todos nós — Tio Deva, Tia Penélope e eu — nos sentíamos protetores do balbuciante Aalam-104729. Não queríamos deixá-lo sozinho no meio dos zilhões de outros universos em circulação, por isso o levamos conosco em nosso passeio pelo Vazio. Embora sua massa fosse infinita, era uma infinidade pequena, parecia um nada.

Minha tia foi na frente, cutucando as dobras de vaziez, como era seu costume, e parando para apanhar pequenas sobras de Vazio para algum uso particular mais tarde. Ela estava em ótima forma. Podíamos ouvir os comentários e exclamações que fazia para si mesma. Titio e eu vínhamos atrás, mais devagar. Ele sempre fora mais lento do que ela, uma das muitas incongruências do casal. Depois de cada longo sono, ela acordava na maior animação, cheia de planos para uma nova excursão pelo Vazio, enquanto ele se virava de costas, olhava em volta meio grogue e voltava a dormir. Por ironia, minha tia era quem tinha mais paciência. Demorava-se o tempo que fosse até nas menores coisinhas (exceto sua aparência), enquanto Titio fazia tudo afoitamente e logo se irritava com detalhes. Ele era o idealista; ela, o membro prático do casal.

Você precisa pôr uma alma, murmurou Deva. Ouviu o que sua tia disse.

Estou pensando, estou pensando, respondi. Titio querido, não podemos deixar de lado um pouco essa conversa sobre alma e apenas apreciar nosso passeio? Ouça a música. Naquele momento, um divertido scherzo ressoava pelo Vazio. Ouça. Sim, claro, disse Tio Deva. Por ora. Não tenho ideia de onde se meteu sua tia.

Um tempo imensurável se passou.

Vou criar matéria, anunciei. Matéria inanimada. E depois?, perguntou Titio. Você não vai parar por aí, vai? Há tempo de sobra para decidir o que fazer depois, respondi. Se importa se eu tratar disso agora? Titio deu de ombros. Voltarei num instante, eu disse. Aliás, nem vai perceber que me ausentei.

Reentrei no novo universo e ponderei. Matéria. Naquele momento, Aalam-104729 continha apenas energia pura. Mas as duas leis de simetria garantiam que era possível criar matéria a partir de energia. De fato, requeriam isso. Assim, eu só precisava especificar os parâmetros de algumas partículas básicas. Esta tem um spin de tanto, esta outra um spin de outro tanto, esta reage a tal força, esta outra àquela força, e assim por diante. Pronto.

Imediatamente, apareceu matéria! Na verdade, explodiu. A matéria surgiu com uma força tremenda, como se houvesse demorado num frustrante estado de potencialidade por um tempo imenso e finalmente lhe tinham dado a oportunidade de existir. Elétrons, múons e taus, quarks top e quarks bottom, squarks, grávitons, fótons, neutrinos e neutralinos, glúons, bósons W e Z, áxions, fotinos, winos e zinos. E com a matéria, naturalmente, veio a antimatéria: pósitrons, antimúons, antiquarks etc. etc. etc.

Em cada ponto do espaço, os outeiros e bacias de energia jorraram matéria. Parte dela aniquilou-se instantaneamente com a antimatéria e recriou energia, a qual por sua vez cuspiu nova matéria, havendo assim um contínuo toma lá dá cá entre as duas. Energia gerava matéria que gerava energia que gerava matéria. Era um espetáculo.

Os fótons, em especial, às vezes assumiam a forma de uma onda oscilatória de energia elétrica e magnética. Decidi chamar isso de "luz". Quando fótons circulando em abundância colidiam velozmente com outra matéria, havia luz. Na ausência de fótons, havia escuridão. Assim, quando criei matéria e energia, também criei a escuridão e a luz, e decidi que essas coisas também eram boas, embora naquele momento eu ainda não soubesse exatamente para quê.

Desse modo, agora havia matéria e energia. E, enquanto eu observava, o universo cresceu e se resfriou. A energia média de cada partícula diminuiu e, por fim, algumas das partículas elementares começaram a coalescer umas com as outras formando partículas e massas maiores. Eu podia imaginar, no futuro, a formação de átomos e moléculas, ondas de energia eletromagnética percorrendo o espaço, vastas nuvens de gás condensando-se sob a força gravitacional, galáxias espiraladas cravejadas de brilhantes bolas de gás. Dentro dessas esferas, num alvoroço de reações nucleares, novos elementos se formariam: carbono e oxigênio, enxofre e magnésio. Grandes difusões de neutrinos e luz. E então explosões titânicas, vomitando mais elementos no espaço. E eu podia imaginar imensos discos de gás girando ao redor de estrelas embrionárias, elípticas órbitas de cometa, condensações de matéria em planetas rochosos de sílica e ferro, ou planetas gasosos de hidrogênio e hélio, gélidos planetas de metano congelado, planetas derretidos de enxofre líquido, planetas em movimento retrógrado, fervilhantes campos magnéticos acelerando matéria a velocidades máximas, atmosferas de dióxido de enxofre gasoso, oceanos e montanhas e lagos de silício. Com o tempo, tudo isso aconteceria. E tudo de matéria insensível, inerte.

O estranho reaparece

Tia Penélope surgiu não sei de onde, irradiando uma sadia exaustão. Praticamente curvada ao meio, carregava as pilhas de vaziez que havia apanhado. Não há nada igual, ela disse. Nada igual. Olhou para Tio Deva e franziu o cenho. Bem que você podia se mexer um pouco mais depressa, ela disse. Olhe só. Essa sua lerdeza é um horror. E *você*, replicou meu tio, desembesta por aí como... Sei lá como o quê, mas é isso que você faz. Não pode parar e ouvir a música? E não podemos andar *juntos*, para variar? Deu-lhe um beijo. Deva! Não aqui, em público!, ela exclamou. Deu alguns dos curiosos pedaços de Vazio para meu tio carregar, suspirou e começou a andar ao nosso lado.

Criei matéria, comentei.

É mesmo?, disse Tia Penélope, que pegou Aalam-104729 e o sacudiu. Ele chacoalhou. É mesmo! Agora há pedaços de coisas lá dentro, ela disse. Meus parabéns de novo. Acho que tantos parabéns já estão cansando; talvez já baste de cumprimentos por enquanto.

Está na hora de pôr uma alma, disse Tio Deva.

Mas é só matéria inanimada, falei. Eu não...

Fomos interrompidos por um uivo, seguido de um risinho abafado. Bafomé apareceu diante de nós, com seu habitual sorrisão afetado. O bicho pulava e dava estrelas sem tirar de mim seu olhar apalermado.

"O que você quer?", disse minha tia. "Suma daqui."

"Ele", disse a criatura, apontando para mim. "Meu amo quer falar com Ele e está esperando ali." O bicho atarracado gesticulou, apontando para uma direção no Vazio.

"Que audácia!", respondeu minha tia. "Meu Sobrinho não atende a chamados. Meu Sobrinho é quem chama."

O bicho se virou e encarou Titia com seu odioso esgar, rosnou e começou a rir. "Ponha-se no seu lugar, Penélope." E a criatura deu uma cambalhota tão extraordinária que seu sorrisão pareceu não sair do lugar, enquanto todo o resto fazia uma volta no Vazio e tornava a ficar em pé. "Meu amo não gosta que o façam esperar", disse o bicho. "Como queira." Rosnou de novo e se retirou trotando.

"Isso é intolerável", disse Tia Penélope. "Essa criatura, seja lá quem for, fala comigo como... Ah, é intolerável. Vergonhoso!"

"Vejo que a criação de leis já começou", disse uma voz atrás de nós. E lá estava o estranho, duas vezes mais alto que antes. Ele fez uma mesura para Tia Penélope e Tio Deva. "Posso ver?", ele disse e — não sei como —, sem se mover, apossou-se de Aalam-104729. "Você escolheu especificamente este universo entre todos os outros. Por que será? Mas não faz diferença... Será este." Examinou-o bem, cheirou-o. O universo parecia estremecer em posse dele.

"Isso não lhe pertence", disse Tio Deva.

"Pertence a nós todos", disse o estranho. "Ele é... Como direi... Ele proporcionará o caminho pelo qual nos completaremos, nos tornaremos mais do que o que somos agora."

"Destrua essa abominação", Tia Penélope me disse. Virou-se para o estranho. "Quem é você?"

"Meu nome é Belhor", disse o estranho. "Também podem me chamar de Fedir ou Belial, ou qualquer outro nome, se quiserem. E peço desculpas por alguma indelicadeza." Fez outra reverência e ofereceu o universo beliscado de volta a Tia Penélope. "Como já disse ao seu Sobrinho, vocês têm acomodações bem agradáveis nestas regiões. E devo cumprimentá-los também pela linda música."

"Você não tem permissão para existir", disse Titia. "Meu Sobrinho não fez você."

"Ah, fez, sim", respondeu Belhor.

"Ah, Ele fez, sim. Ele fez. Certamente Ele fez", acrescentou Bafomé, depois desandou a gargalhar, deu duas cambalhotas e fez uma mesura. "Essa é a parte mais deliciosa de todas."

"O que você quer aqui?", perguntei. "Eu tenho poder ilimitado, mas paciência não."

"Falou bem", disse Belhor. "Gostaria de discutir suas leis com você, as que está concebendo para seu novo universo."

"Não há o que discutir", respondi. "As leis estão feitas."

"Ah", disse Belhor. "Mas as leis que você fez são apenas as leis físicas, regem partículas e forças elementares. Não estou certo? Em algum momento, no futuro, existirão seres inteligentes em seu universo, e são as leis que governam o comportamento desses seres que eu gostaria de discutir. Creio que todos temos a mesma opinião de que a matéria animada é muito mais interessante que a inanimada."

"A matéria animada será governada pelas mesmas leis que a inanimada", falei.

O estranho riu. "Para alguém poderoso como você... Receio que não seja assim tão simples. Como já dissemos, a mente é seu próprio lugar. Nenhum de nós — especialmente você — deve subestimar a complexidade e a sutileza de uma mente, uma vez formada. Está dizendo que cada ação e pensamento de uma criatura inteligente no seu universo serão regidos por leis físicas preexistentes?" Fiz que sim. "Nesse caso", continuou Belhor, "os seus seres inteligentes não terão independência de movimento ou pensamento. Serão completamente controlados por você, ou melhor, pelas leis físicas que você criou, o que dá no mesmo. De fato, não poderíamos dizer que a vida deles já está determinada? Estou entendendo você corretamente?"

"Ah, como isso é divertido", disse Bafomé. "Que bom que eu vim." O bicho virou-se para Tia Penélope com seu sorrisão incessante. "Não falei que meu amo não era de brincadeira? Não falei? Não falei?"

"Vejo que você já andou pensando sobre isso", eu disse a Belhor. "Sim, o que você diz tem lógica. Os pensamentos e ações da matéria animada, se essa matéria vier a existir, já são determinados pelas leis que fiz e pelas relações de causa e efeito. Essa é minha intenção. Se existem regras, existem regras, sem exceções para a matéria animada."

"Então você deseja ter controle total sobre suas criações, animadas e inanimadas", disse Belhor.

"Sobrinho, você tem que dar sumiço nesse monstro", disse Tia Penélope. "Ele o está espezinhando."

"Não, Titia. Essa discussão me interessa."

Belhor fez uma reverência. "Grato pelo respeito", ele disse. Olhou para mim por uns momentos sem falar. "E eu lhe digo com o mesmo respeito: acho que está permitindo que seu ego o atrapalhe. Por que exige esse controle total? Não confia em suas criações inteligentes para deixá-las agir por conta própria, sem sua supervisão? Pensa que poderiam fazer alguma coisa que o envergonhasse, ou algo que você consideraria impróprio ou indigno?"

"Não é questão de confiança", respondi. "É questão de auto-

45

coerência." Percebi que estava preocupado e quis examinar minha preocupação, revirá-la na mente para explicá-la com clareza. "Sem dúvida você consegue entender que não quero que meu universo seja uma miscelânea de regras e eventos contraditórios. Aonde isso levaria? Todos nós apreciamos algum grau de ambiguidade e sutileza, mas tem de haver limites... A matéria animada deve estar sujeita às mesmas leis e regras da inanimada. Como essas leis determinam completamente o comportamento da matéria inanimada, também determinam o da animada."

"Então a matéria animada deixa de ser interessante", disse Belhor. "Estou decepcionado com o que ouvi. E, por ora, não tenho mais nada a tratar com você."

"Oh, meu amo está decepcionado", disse Bafomé, que surrupiara o universo de tia Penélope e o jogava para cima como um brinquedo. "Meu amo está muuuuuito decepcionado, e não é nada bom decepcionar o amo Belhor."

"Queiram desculpar o Bafomé", disse o estranho. "Ele não tem modos e se exalta. Agora vamos embora."

O universo se cuida

Que sujeito desagradável, disse Tio Deva. E arrogante. Viram como anda todo presunçoso? Parece que é o dono deste lugar!

Ele cheira mal, disse minha tia. Gostaria de saber suas origens. Se eu tivesse poder, eu...

Não consigo entender por que temos de tolerar esse sujeito desagradável, disse Titio. Ele está causando discórdia e maus sentimentos, depois de uma eternidade em que todos aqui no Vazio se deram maravilhosamente bem.

Tem toda razão, disse minha tia. Ela olhou em volta e franziu as sobrancelhas. Cadê o nosso universo? Aquela abominável criatura Bafomé levou embora? Perdemos nosso universo. A última vez que o vi, estava como se fosse um brinquedo com aquele bicho, que parecia querer comê-lo.

Meus tios começaram a procurar Aalam-104729. Andaram de um lado para outro, ela muito mais depressa do que ele, naturalmente. Olharam sob as camadas de nada, sacudiram diáfanos filamentos e véus de vaziez, procuraram ouvir os balbucios fracos e as regurgitações do universo recém-nascido.

Onde ele está?, murmurava Tia Penélope. Eu mesma vou estrangular aquele monstro. Os dois. Onde poderia estar o universo? Ele não era muito grande. Um universo ainda pequeno. Não muito grande. Não muito grande. Onde ele está? Onde ele está? Tia Penélope andava em vastos círculos e acabava voltando sempre ao lugar onde estava meu tio. Olhava para ele de cenho franzido e recomeçava a busca. Enquanto isso, meu tio seguia com seus passinhos vacilantes sem direção definida, confuso e preocupado.

Não sei bem quanto tempo se passou nessa situação, pois eu estava digerindo a conversa com Belhor. Por fim, minha tia não se conteve. Sobrinho, não fique aí parado. Será que você poderia nos ajudar?

Eu, que tudo via simultaneamente, percebi que Aalam-104729 estava a alguma distância de nós, atrás de um efêmero outeiro de vaziez, jazendo de lado como se tivesse sido jogado fora pelo sempre sorridente Bafomé. Lá está ele, falei.

Ah!, exclamou Titio, e foi com seus passinhos arrastados até o local, pegou o universo descartado e o aninhou no colo. Estou me apegando a este universozinho, sussurrou. É embaraçoso dizer, mas estou me apegando a ele. Depois de segurar o universo durante algum tempo, ele o colocou delicadamente numa dobra do Vazio.

O apego leva à decepção, falei. Eu gostava de provocar os meus tios às vezes, quando podia.

Sim, sim, eu sei, disse Tio Deva.

Percebi que ainda me sentia perturbado, como depois da primeira intrusão de Belhor. Mas, quando fitei Aalam-104729, rosado e rechonchudo, já consideravelmente maior do que da última vez em que eu tinha reparado nele, veio-me um sentimento de calma e esperança. São tantas as possibilidades para um novo universo! Entendi então o comentário de Belhor de que esse universo faria de todos nós algo maior do que éramos agora. Por vastas eras de tempo imensurável, tínhamos estado na modorra e existido num belo mas vazio nada. Agora eu percebia que andáramos num *tédio* colossal. Aquela esfera roliça que se expandia palpitante de possibilidades poderia mudar tudo. Era menor do que nós, mas também era maior. E lá estava ela, quietinha num pequeno sulco do Vazio, e pelo jeito não prejudicada pelos trancos de Bafomé.

Ele vai precisar de cuidados, disse Tia Penélope.

Não acho, falei. Eu lhe dei várias leis e alguns parâmetros quânticos. Causa e efeito. Acho que ele pode cuidar de si.

Por favor, disse Tia Penélope. A coisa é tão... Delicada, completou Tio Deva.

Para fazer a vontade dos meus tios, entrei de novo no universo e dei uma olhada. De fato, o cosmo estava funcionando bem, sem necessidade da minha ajuda. Desde minha última visita, o universo se resfriara, e mais tipos de partículas conseguiam sustentar uniões umas com as outras com sua atração mútua. Fascinaram-me as variedades de coisas e efeitos. Trios de quarks se combinavam formando nêutrons e prótons, que voavam a uma velocidade assombrosa, sempre cercados por uma névoa ultravioleta de suaves glúons, e ocasionalmente emitiam raios gama ao ricochetear de outros pedaços frenéticos de matéria. Partículas giravam em torno de seus eixos internos. Partículas davam guinadas em campos magnéticos. Partículas disparavam, aceleravam-se e se aniquilavam em pura energia. Aqui e ali se formavam bolsões de elétrons e pósitrons, ligeiros desvios da densidade média, e essas regiões com carga desequilibrada oscilavam e vibravam em resposta às atrações e repulsões elétricas entre elas. Obedecendo às minhas leis da força eletromagnética, cada trepidação das partículas carregadas desencadeava uma profusão de fótons polarizados com cores caleidoscópicas, criando um panorama muito mais espetacular do que os véus evanescentes do Vazio. Havia cascatas e florações de luz, hélices espiraladas de energia, oscilações ressonantes de nuvens de quarks. E os mais fantasmagóricos sons: gemidos e raspões de alta frequência e crescendos dissonantes, enquanto o plasma gasoso que enchia o espaço estremecia a cada onda de choque e compressão de energia. Inevitavelmente havia pequenos vales e cumes de matéria e energia, inomogeneidades. A força da gravidade lutava para fortalecer essas acumulações esparsas; mas as partículas tinham tanta energia e calor que a gravidade parecia quase inexistente. Essa situação por fim mudaria quando o universo se expandisse e se resfriasse mais. Entre condensações de matéria, o vácuo estava em constante erupção com pares de partículas e suas antipartículas, e com isso não havia um único pedacinho de espaço que se pudesse dizer adormecido. Na verdade, o "vácuo" do espaço fervilhava com a criação e a aniquilação de novas partículas. Naqueles momentos iniciais do novo universo, cada pontinho de massa voava quase com a mesma velocidade que os fótons, a velocidade máxima permitida pelas leis. O espaço era um movimentado borrão de partículas subatômicas que se entrecruzavam zunindo a velocidades fantásticas, desviavam-se e colidiam umas com as outras. Campos de energia jaziam pelo cosmo em vastos cobertores frouxos, estremecendo ligeiramente ao criarem uma nova partícula ou absorverem outras partículas em suas dobras. E em cada volume de existência a física quântica imperava. Partículas agiam como ondas; ondas como partículas. Realidades alternativas tremeluziam em cada posição do espaço. Matéria e energia apareciam e desapareciam, fundiam-se umas nas outras e permutavam identidades. E, nos menores tamanhos das coisas, flutuações quânticas e gravidade conspiravam para tecer a própria geometria da existência.

Era extasiante. Era glorioso. Era mais do que eu havia imaginado. Ao mesmo tempo, era tudo completamente lógico. Tudo aquilo decorria inexorável e irrefutavelmente das poucas leis que eu havia criado. Não era preciso fazer nada além de ficar assistindo ao cosmo se desfraldar no tempo.

Quantificação da realidade

Tempo. Até então o tempo não fora medido e era imensurável. Mas isso logo mudaria, com a formação de átomos de hidrogênio.

Continuando a expansão e o resfriamento de Aalam-104729, chegou um ponto em que ele estava suficientemente tépido para que os elétrons pudessem ser capturados e retidos por prótons, formando átomos de hidrogênio, o mais simples dos átomos. Em cada átomo de hidrogênio, um único elétron orbitava um único próton. Os átomos de hidrogênio foram meus primeiros átomos. Eram lindos. Alguns eram esféricos, outros ovaloides ou bipoloides, dependendo do estado quântico do elétron em órbita. Padrões dentro de padrões dentro de padrões, todos perfeitos como o número π e precisamente determinados pelas poucas regras quânticas que eu criara. Os átomos fulguravam com os fótons emitidos por seus elétrons orbitantes. Zumbiam levemente. E davam esponjosidade à matéria, uma espécie de textura almofadada que ela não tinha antes.

O mais importante: os átomos de hidrogênio puderam ser

usados como os primeiros relógios. A luz que eles emitiam vibrava com uma regularidade precisa no tempo, sempre exatamente igual, e cada vibração era um tique-taque do relógio. Pico e vale e pico e vale e pico e vale — tique-taque, tique-taque, tique-taque. Agora cada duração de tempo podia ser medida pela quantidade de tique-taques de um átomo de hidrogênio. Por esse critério, a idade de Aalam-104729 era naquele instante $4,52948\times 10^{29}$ tique-taques atômicos. Os primeiros nêutrons e prótons tinham começado a se formar aproximadamente a $2,5 \times 10^9$ tique-taques após o nascimento do universo; e os primeiros átomos, aproximadamente a 3×10^{28}. Percebi, um tanto surpreso, que muito tempo se passara, pelo menos se medido pelo tiquetaquear dos átomos de hidrogênio.

Agora tínhamos relógio. Agora o tempo não só existia, mas também podia ser quantificado, medido, entalhado em pedaços iguais à pulsação quântica de átomos. Agora podíamos fazer muito mais do que dizer que uma coisa acontecera no passado: éramos capazes de determinar precisamente quanto tempo atrás. E atribuir números definidos à duração dos acontecimentos, ao tempo decorrido entre A e B. Os conceitos de rápido ou lento, preguiçoso ou apressado ganharam um sentido definido. Enfim, eu podia medir o intervalo entre as arfadas e roncos da Tia Penélope enquanto ela dormia (tipicamente 10^{20} tique-taques atômicos quando se recolhia de bom humor, menos quando estava irritada). Uma das intermináveis pregações de Tia P., aconselhando-me a fazer isso ou aquilo, costumava demorar 10^{21} ou 10^{22} tique-taques. E um pacato passeio do Tio D. pelo Vazio levava entre 10^{25} e 10^{26} tique-taques. (Comparados a esses eventos, meus pensamentos tinham uma rapidez quase instantânea: ocupavam apenas um milionésimo ou um trilionésimo de um trilionésimo de um único tique-taque atômico.) Hesitei em calcular por quan-

53

to tempo eu estivera fazendo absolutamente nada, quanto tempo nós todos havíamos dormido em nossa entorpecida amnésia.

Como o tempo e o espaço eram ligados pela velocidade da luz, a quantificação do tempo levou naturalmente à quantificação do espaço. Agora qualquer extensão podia ser medida segundo a distância percorrida por um fóton de luz durante um tique-taque de um relógio atômico. Por esse critério, o diâmetro de um nêutron era um centésimo de um milionésimo de um tique-taque atômico-luz. O diâmetro de um átomo era 100 mil vezes maior. O diâmetro do universo inteiro — a julgar pelo tempo que um fóton demorava em atravessar a distância — era 9×10^{29} tique-taques atômicos-luz e aumentava a cada momento.

Encantado por encontrar um método confiável de quantificar a realidade, no mesmo instante me pus a medir tudo o que encontrava. Medi o tamanho de certas condensações de quarks: 10^{-7} tique-taques atômicos-luz. Tamanho médio de uma inomogeneidade de matéria: 10^{27} tique-taques atômicos-luz. Tempo para dada bacia de antimatéria aniquilar-se contra matéria: 1003 tique-taques atômicos. Tempo para o universo duplicar de tamanho: 10^{30} tique-taques atômicos.

Tio Deva estava pasmo com a minha recém-adquirida capacidade de aplicar régua e relógio ao Vazio. Entendia o meu feito, ele disse, mas eu estava indo longe demais. Longe demais? Então me diga, continuou meu tio, o que você sabe sobre uma coisa quando conhece precisamente seu tamanho e sua duração? Não sabe precisamente coisa nenhuma, é isso que você sabe. Mas então como comparar a coisa com outras coisas?, protestei. Por que tem de comparar?, retrucou Titio. Cada coisa possui sua essência especial, que não tem nada a ver com nenhuma outra. Entenda a essência de uma coisa, disse Titio, e saberá tudo o que precisa saber. E garanto que a essência não é quantos estalidos atômicos — ou sei lá o quê — você contar. Não, senhor. Você está enganando a si mesmo.

Tia P. olhou desconfiada os átomos avulsos de hidrogênio que eu trouxe para o Vazio. Não ouse me medir com essas engenhocas, ela disse. Mas eu só ia... Nem mas nem meio mas, disse Titia. Eu sou *imensurável* e pretendo permanecer assim. Ponto. Não quero que nenhuma criatura aparvalhada em algum universo por aí fique citando as minhas medidas. Não me traga essas engenhocas aqui para o Vazio. Que elas fiquem onde estão. Amém!, concordou meu tio.

Pelo jeito, eu era o único que gostava dos novos relógios e réguas.

Galáxias e estrelas

Limitados por necessidades causais, dispensando retoques e reajustes de minha parte, os eventos em Aalam-104729 prosseguiram por conta própria com impressionante inevitabilidade. O universo continuava a se expandir, e seu conteúdo material a se resfriar. Os feéricos espetáculos luminosos iam diminuindo lentamente. E a força atrativa da gravidade começava a dominar e remodelar o terreno. Se antes pequenas condensações de matéria evaporavam com grande velocidade sob o calor intenso, agora elas cresciam e se adensavam. Bocados de matéria, principalmente de gás hidrogênio, começavam a se condensar aqui e ali. Na história passada do universo, a matéria estivera dispersa com razoável homogeneidade, mas agora havia cristas e vales, arcos, agregações amorfas, tudo se aglomerando em volumes cada vez mais densos à medida que cada partícula de massa atraía outras partículas pela gravidade. A topografia anterior da matéria, regular, quase fluida, tinha sido bela, porém agora mais belas eram essas construções arquitetônicas. Havia filamentos lineares. Havia lâminas. Havia cavidades esféricas. Havia elipsoides, esferoides e hiperboloides topológicos. Grandes nuvens de gás hidrogênio turbilhonavam, aplanavam-se e teciam tufos e trilhas espiraladas. E, dentro dessas galáxias giratórias de matéria, nódulos menores de gás formavam-se, implodiam e ganhavam densidade e calor — na contramão do resto do universo, que se rarefazia e se resfriava.

Depois de 10^{31} tique-taques dos relógios atômicos, aconteceu um novo e sensacional fenômeno. Cada nódulo de gás em cada galáxia remodelara-se formando uma esfera quase perfeita, que se tornava cada vez mais quente à medida que se contraía sob sua própria gravidade. Por fim, o calor foi tão intenso nesses glóbulos de massa que seus átomos de hidrogênio começaram a se fundir uns com os outros formando átomos de hélio, o próximo elemento mais simples depois do hidrogênio. Em cada tique-taque atômico ocorriam trilhões de fusões desse tipo, liberando imensas quantidades de energia nuclear. Apenas momentos antes, aqueles ubíquos esferoides de gás tinham sido meros pedregulhos escuros nas trevas do espaço. Agora brilhavam, estouravam de energia. Nasciam assim as primeiras estrelas.

Lembro onde e quando vi a primeira estrela no universo. Eu estava fazendo um longo passeio pelo Vazio com meu tio. Ele cantarolava sua música favorita, um guincho dissonante, quando notei que alguma coisa mudava dentro de Aalam-104729. Uma luzinha brilhou num dos bilhões de galáxias às escuras. (Depois meu tio deu à galáxia que gerou a primeira estrela o nome de Ma'or e chamou essa estrela pioneira de Al-Maisan.) Olhei melhor e vi que um único glóbulo de massa, com menos de um trilionésimo do tamanho da galáxia, estava produzindo aquela luz. Um pontinho minúsculo em comparação com a galáxia. No entanto, era inconfundível. Nas vastidões negras do espaço, aquela luzinha se destacava, cintilante e perfurante. A radiação ultravioleta que emanava daquela porção de matéria espalhava-se velozmente em todas as direções no gás circundante e desintegrava os átomos próximos, arrancando elétrons de seus prótons. Quando os elétrons se reuniram com os prótons, emitindo luz pelo caminho numa cascata decrescente de níveis de energia, um casulo esférico de gás ao redor da estrela começou a fulgurar com violetas, amarelos, laranjas e vermelhos. Agora a estrela aparecia como um ponto de luz ultravioleta no centro de uma nuvem suavemente brilhante de muitas cores.

E então, uma a uma, outras estrelas se acenderam. Ali. E ali, e ali. Agora havia centenas, milhares, milhões de pontos ultravioleta circundados por nuvens suavemente brilhantes. Vi uma galáxia diferente, a um milhão de diâmetros galácticos de distância, começar a iluminar-se toda com estrelas. Ali. Depois outra. Outra. Bilhões de galáxias coruscavam com estrelas.

Olhe, Titio, falei. Vê o que está acontecendo no nosso universo? Mas, é claro, Tio Deva não podia ver dentro do universo, que naquele momento estava quietinho no colo da Tia Penélope enquanto ela se balançava em sua poltrona. Visto de fora, Aalam-104729 parecia o mesmo, embora continuasse a crescer, como sempre. De fora não havia nenhum sinal da metamorfose interna. Venham, falei, vou lhes mostrar. Comprimi meus tios em dois pontinhos dançantes e os levei para dentro do universo. Conduzi-os pelo espaço, de uma galáxia a outra, uma galáxia a cada passo. Por bilhões de tique-taques, eles nada disseram. Apenas balançavam a cabeça e sorriam.

Nunca vi nada igual, disse Tia P. Eu... Eu nunca vi nada igual. Gostaria de algumas dessas coisas lá no Vazio. Você pode levá-las conosco para o Vazio? Acho que não seria uma boa ideia, querida, disse Tio Deva. Por que não seria uma boa ideia? Porque, respondeu Titio, o Vazio tem sua própria essência. E este universo tem sua própria essência. Essas belas luzes devem ficar aqui, que é o lugar delas. Podemos vir visitar. Ah, que coisa mais linda, mais linda você criou, Sobrinho. Eu só fiz alguns princípios organizacionais, falei. Estou cansada da sua modéstia, disse Tia P. Para variar, não pode admitir que você é um gênio? É um artista da mais alta estirpe. E um matemático da mais alta estirpe, disse Tio Deva. E um físico. Todas essas coisas, disse minha tia. Temos um gênio na família, eu sempre soube disso. Espere, disse Tio Deva. Estou ouvindo algo. Prestem atenção. Escutaram? Eu ouvi, disse Tia P. É música, maravilhosa, como no Vazio, mas diferente. É a música das galáxias, disse meu tio.

Planetas

Andávamos pelas galáxias, Tio Deva, Tia Penélope e eu, quando as estrelas maiores passaram por outra transformação. Como quase todo o seu hidrogênio fundira-se em hélio, aquelas estrelas não podiam mais gerar calor suficiente para combater a ação da gravidade em direção ao seu interior e, assim, começaram de novo a se contrair. O colapso ganhou velocidade. Conforme o material gasoso se retraía violentamente, o centro de cada estrela foi se adensando cada vez mais, e as temperaturas subiram, subiram a um grau muito maior do que antes. Por fim, a temperatura ficou tão alta que os átomos de hélio passaram a se fundir uns com os outros, virando berílio. Depois os átomos de berílio também se fundiram e formaram boro, carbono e oxigênio. O colapso prosseguiu, as temperaturas subiram ainda mais, e começou a síntese de elementos químicos cada vez mais pesados: flúor e neônio, sódio e magnésio, alumínio, silício, fósforo, gálio, ítrio, molibdênio, paládio, césio, bário, tungstênio e ósmio e irídio e rádio. Eu havia contemplado todos esses átomos complexos como possibilidades teóricas, mas era um prazer vê-los ali criados de fato por eventos inevitáveis no centro de estrelas, sem nenhuma intervenção minha. Causa e efeito, causa e efeito, causa e efeito. Os núcleos atômicos continuaram a colidir, colidir, colidir uns com os outros, e a se juntar e a produzir núcleos cada vez mais pesados, átomos cada vez maiores. A liberação de energia era enorme. Obviamente, enquanto assistíamos impressionados, todos nós — Tia P., Tio D. e eu — compreendíamos que nenhuma entidade material poderia suportar aquela energia colossal sem se desintegrar. E, de fato, não demorou para que cada estrela explodisse, vomitando no espaço todos os novos elementos químicos que ela havia fabricado. Cada detonação reverberava por uma longa distância através das nebulosas circundantes, atirava fragmentos de matéria nova e flamejava com a luminosidade de uma galáxia inteira. O cosmo incendiava-se, crepitava, ribombava, havia bilhões e bilhões dessas explosões. Uma a uma, as belas estrelas se autodestruíam, a começar pelas maiores. Deixavam como resíduo um núcleo escuro a girar velozmente e uma nuvem de detritos com uma leve fulguração.

Àquela altura — eu estava contando os tique-taques dos relógios atômicos, e haviam se passado aproximadamente 2×10^{31} tique-taques desde a formação dos primeiros átomos —, o material que flutuava pelas galáxias consistia não só em gás hidrogênio, mas também em aglomerados de ferro, carbono, silício e outros elementos químicos forjados nas estrelas. Esse material enriquecido não flutuava; torvelinhava aqui e ali depois de ter ganhado um movimento rotacional das explosões assimétricas das estrelas. Em cada galáxia ainda se viam os faróis de muitas estrelas remanescentes, de massa menor, que não haviam explodido e queimavam tranquilamente até virarem uns nódulos foscos.

Mas o cosmo não ficou quieto por muito tempo. Sob a incessante força da gravidade, a matéria fria que redemoinhava recomeçou a se juntar, a compactar-se e a implodir. Logo o material enriquecido já formava de novo esferas gasosas, que se tornavam cada vez mais quentes enquanto se contraíam. Em outros 10^{31} tique-taques atômicos, mais ou menos, as esferas gasosas formaram uma segunda geração de estrelas. Devo dizer que antes dos primeiros relógios eu nunca prestara atenção ao tempo, mas agora andava obcecado por ele: não conseguia deixar de olhar seguidamente para os relógios de hidrogênio, ruminando quanto tempo se passava entre os eventos. Mais 10^{31} tique-taques atômicos. Outro tanto.

Essas novas estrelas eram diferentes de suas antecessoras. Primeiro, continham uma miscelânea de elementos químicos em vez de apenas hidrogênio puro. Segundo, cada uma era rodeada por um disco giratório de gás e detritos, esparsamente marcado por acúmulos de material sólido compactado. Esses aglomerados, porém, eram demasiado pequenos para desencadear reações nucleares em seus centros. Em vez disso, implodiam e formavam bolas sólidas inertes, condensadas de um disco que girava em torno de uma estrela central, também descrevendo uma órbita ao redor desse corpo celeste. Eram os primeiros planetas. Planetas. Assim como as estrelas, fascinava-me o surgimento sem esforço desses objetos distintos no espaço. Planetas orbitavam a maioria das estrelas da segunda geração. Existiam muito mais planetas do que estrelas. Alguns sistemas solares continham um único planeta a orbitar sua estrela central, como um átomo de hidrogênio. Outras estrelas abrigavam até uma centena de planetas.

E que extraordinária variedade de planetas havia! Alguns, próximos demais de sua estrela central, derretiam e se tornavam esferas de enxofre, silício e ferro fundido. Outros se encontravam distantes o suficiente para congelar. Alguns ficavam a distâncias intermediárias, e com isso átomos e moléculas cobriam suas superfícies em oceanos líquidos, nem tão quentes para evaporar, nem tão frios para congelar. Por exemplo, havia planetas de água em estado líquido, de amônia e metano líquidos, de bromo líquido, de mercúrio líquido. Os oceanos líquidos eram particularmente belos. Batidas pelos ventos, suas superfícies ondeavam. E as ondas líquidas deslizavam pelas superfícies, crista, depressão, crista, cintilantes à luz da estrela, refletindo as atmosferas coloridas acima. Algumas ondas líquidas eram tão delicadas e tênues que se dissipavam depois de percorrer uma breve distância e mal deixavam lembrança de sua presença. Outras, furiosas e brutas, galgavam as alturas e percorriam um quarto do diâmetro do planeta. Acho que as ondas oceânicas eram música numa forma material.

Artefatozinhos interessantes, disse Tia Penélope, essas bolinhas voando em torno das belas luzes. Para que servem, Sobrinho? Ainda não sei, respondi. Preciso saber tudo logo de cara? Ora, disse Titia, então por que os fez? O que você tinha em mente? O.k., O.k., falei. Eles se fizeram sozinhos. A gravidade os fez. Não são tão bonitos quanto as luzes, disse Tia Penélope. Ela deu um peteleco num pedaço de potássio que se enredara em seus cabelos. Nem tudo tem de ser bonito, disse Tio Deva. Essas coisas terão algum uso futuro, estou certo disso. E veja que beleza, como elas giram a velocidades diferentes!

Seguindo as inexoráveis leis da gravidade, os planetas mais próximos de suas estrelas centrais completavam cada órbita com relativa rapidez, enquanto os que estavam distantes levavam muito mais tempo. De fato, em alguns sistemas solares extremos, um planeta interno podia descrever milhares de órbitas ao redor da estrela central durante o mesmo tempo que um planeta externo levava para percorrer uma órbita; assim, um ano no segundo planeta era igual a 10 mil anos no primeiro. Havia outras variações. Alguns planetas eram tão pequenos que tinham forma irregular, com montanhas tão altas que chegavam perto do diâmetro do planeta. Outros eram tão grandalhões que quase podiam desencadear reações nucleares em seus interiores e se tornar estrelas. Muitos desses novos planetas possuíam campos magnéticos, que davam uma volta pelo espaço em graciosos padrões dipolares e afunilavam o movimento das partículas eletricamente carregadas em sua vizinhança.

Além de orbitar sua estrela central, quase todo planeta girava em torno de seu eixo. Esse giro também era consequência do movimento rotacional do disco primordial, o qual, por sua vez, decorria das explosões assimétricas da primeira geração de estrelas. Causa e efeito, causa e efeito. Eram quase banais essas rígidas cadeias de eventos, mas os fenômenos visuais eram demasiado interessantes e novos para serem banais. Até minha tia se entretinha com os giros dos planetas. De um sistema solar ao outro, cutucou os mundos rodopiantes como fazia com as dobras fugazes do Vazio, até que Tio D. a fez parar.

O giro dos planetas produzia um efeito encantador. De qualquer ponto de observação fixo num planeta, a luz solar não era constante: variava ao longo do tempo. Quem estivesse de frente para sua estrela central seria banhado por luz. Um pouco depois, quando o planeta houvesse descrito meio giro, o indivíduo ficaria quase em total escuridão. Assim, em cada planeta, um *dia* de luz era seguido por uma *noite* de escuridão, que por sua vez era sucedida por um dia, e este por uma noite, e assim por diante, com regularidade e periodicidade. Em outras palavras, a rotação dos planetas produzia naturalmente a separação de luz e escuridão, e essa separação variava entre os planetas. Como havia bilhões e bilhões de planetas, todos girando a velocidades diferentes, a duração do dia era muito variada: em alguns planetas o dia era de apenas 10^{19} tique-taques atômicos, enquanto em outros durava 10^{21} tique-taques. Em resumo, havia trilhões de dias (e noites) diferentes por todo Aalam-104729.

A progressão dos dias e noites nos planetas causava naturalmente mudanças regulares nas temperaturas, variações nas densidades das atmosferas, movimentos dos ventos como ciclones, furacões e tufões marítimos. Mas havia outros efeitos artísticos mais sutis. A lenta mudança da luminosidade ao longo de cada dia dava variação às sombras: elas se encurtavam e se alongavam, produzindo silhuetas em constante mudança. Os cumes das montanhas, que de manhã podiam ser rosados, ganhavam tons de violeta e amaranto no fim da tarde. Em certos momentos do dia, uma paisagem podia parecer escarpada e dura; em outros, se tornava delicada e suave, como os véus evanescentes do Vazio. Esses fenômenos não podiam ser quantificados como as temperaturas e densidades. O que eles faziam era intensificar as nossas sensações. Infiltravam-se em nosso interior. Como a música, criavam um sentimento que não estava lá antes. Absorviam e remodelavam o mundo da imaginação. Com as mudanças na luminosidade, as formas se modificavam a todo momento. O ar faiscava e fulgurava, depois amainava até elas se tornarem quase invisíveis. Nos planetas com líquidos voláteis, grandes nuvens de água ou amônia evaporavam no céu, e isso produzia ainda mais variações de luz. Os dias e as noites geravam não só diferentes colorações mas também diferentes cheiros, sensações e tonalidades de som.

Poucos desses fenômenos eu havia previsto. Está vendo lá?, eu dizia a Tia Penélope, como se fosse exatamente o que eu pretendera. E lá? E aguardava a resposta dela. Sim, sim, ela respondia finalmente, sendo isso o mais perto que ela se dignava a chegar de uma aprovação.

Em certo momento do tempo, um planeta específico no universo completou sua primeira rotação, antes de qualquer outro planeta, o fim do seu primeiro dia. Esse foi o primeiro dia no universo. Notei quando isso aconteceu, e foi bom (ou pelo menos satisfatório), e esse foi o fim do primeiro dia naquele planeta. Então, em outra galáxia, a 10^{29} tique-taques atômicos-luz de distância, outro planeta completou sua primeira rotação, seu primeiro dia, notei de novo quando isso aconteceu, e também foi bom, e esse foi o fim do primeiro dia naquele planeta. Então, a 10^{30} tique-taques atômicos-luz de distância, outro planeta completou sua primeira rotação, depois outro e outro. Em vários lugares e tempos no universo, vários planetas, todos com diferentes velocidades de rotação, completaram seu primeiro dia. Ali, depois lá, e depois mais além. Houve bilhões e trilhões de primeiros dias, todos eles bons. Tudo em harmonia, eu me senti satisfeito com o que havia feito.

A vaziez do algo

Planando pelo cosmo, encantavam-me as relativamente vastas distâncias entre as coisas. Apesar de existir matéria, a maioria do espaço era completamente vazia. Não vazia como o Vazio, e sim dotada de pouquíssimo material. Galáxias de estrelas, planetas e outros materiais ocupavam somente cerca de um décimo de 1% do volume do espaço. Os outros 99,9% do universo eram quase um vácuo. Até nas galáxias, os sistemas solares eram muito distantes uns dos outros: era comum eu partir de um sistema solar e ter de percorrer o equivalente à extensão de 10 mil sistemas solares para chegar ao vizinho. Caso seres inteligentes surgissem num planeta de Aalam-104729, estariam separados de outros planetas com vida por distâncias colossais e provavelmente nunca saberiam uns dos outros. E as separações cresceriam ainda mais com o tempo, conforme o universo continuasse a se expandir.

Insatisfações, discordâncias e outras chatices

Depois de assistir à formação de galáxias, estrelas e planetas, tive uma sensação que ainda não conhecia. Uma espécie de plenitude. Mais do que plenitude, era uma *ultraplenitude,* pois me sentia como se coisas novas tivessem sido criadas dentro de Mim — uma curiosa virada, já que fora Eu quem criara Aalam-104729, ou, para ser mais preciso, criara as leis e princípios organizacionais, a matéria e a energia, dos quais tudo decorria. Até se poderia pensar que cada nova coisa naquele universo já estava dentro de Mim. Mas não parece ter sido esse o caso. Assim como na invenção do quantum, tive a sensação de ter sido *mudado.* Sentia que minha imaginação se amplificara, engrandecera. Sentia que conhecia coisas que antes desconhecia e que era maior do que antes. Como era possível algo criado do meu próprio ser agora estar maior do que o meu ser? É possível a criação criar seu criador? Eu estava ao mesmo tempo perplexo e contente, embora esse contentamento por fim levasse a certos descontentamentos.

Não aconteceu só comigo. Todos nós sentíamos que havíamos mudado. Mudara a noção que cada um tinha de si. Nossas percepções mudaram. Por exemplo, o Vazio agora parecia ainda mais vazio do que antes. O Vazio, obviamente, sempre fora destituído de tudo, uma perfeição de ausência. Por um tempo imensurável, Tio Deva, Tia Penélope e eu nos deleitáramos na total vaziez do Vazio. Essa vaziez, esse completo nada, era um dos absolutos centrais e eternos da existência. Esse nada foi o ponto de partida de toda ação e pensamento; de fato, ele foi a base que definiu ação e pensamento: a coisa nenhuma que trouxe a noção de "alguma coisa". Todos antes sentíamos, sem expressar o sentimento, que o Vazio podia ser necessário à nossa existência. Como a vaziez total do Vazio era claramente uma parte essencial de sua natureza, louvávamos aquela vaziez.

Só que agora, depois de termos feito algumas excursões pelo novo universo e presenciado as extraordinárias coisas materiais em formação, a sagrada vaziez do Vazio não trazia o mesmo prazer de outrora. Estávamos até, ouso dizer, *insatisfeitos* com o Vazio. Eu, por exemplo, quando me deslocava pelo Vazio, agora ficava notando o que não estava lá. Não no sentido abstrato, mas no sentido real e material, pois agora eu podia comparar o nada com átomos e elétrons, galáxias espiraladas e longas trilhas de gás luminescente, estrelas que explodiam e vomitavam seus elementos no espaço. Impossível não me sentir um tanto decepcionado com a *sem-gracice* do nosso hábitat no Vazio.

Tia Penélope não se deleitava como antes em coletar pedacinhos de Vazio para seu entretenimento particular. O que é isto?, ela indagou lamurienta durante um dos nossos recentes passeios pelo Vazio. Você sabe o que é, disse Tio Deva. É uma migalha de vaziez que você vai levar para casa e usar para alguma coisa. Mas é nada!, disse Tia P. Sim, disse Titio, é precisamente nada. É um belo pedaço de nada. Talvez você consiga fazer um vestido com ele. Não, disse Titia. Não vou fazer. É o mesmo nada. É realmente nada. Quero fazer um vestido com galáxias e estrelas. Ah, que magnífico vestido seria! Ele resplandeceria, e todo mundo iria querer um vestido igual ao meu. Sobrinho, ela me disse, faça um favor para a Titia: traga para cá um pouco de matéria daquele universo. Não preciso de muita coisa. Meu tio me lançou um olhar desaprovador e irritado. Não se intrometa, Deva!, disse Tia P. Não é da sua conta. A matéria do universo deve permanecer no universo, disse Tio Deva. Cada coisa tem seu lugar. Não seja hipócrita, replicou Tia P. Ainda há pouco, se bem me lembro, você comentou que gostaria de ver algumas montanhas de vez em quando nos nossos passeios pelo Vazio. Não negue. Você sempre exagera, disse Titio. Eu pedi só *uma* montanha. Não montanhas no plural. Tudo bem, uma montanha, respondeu Tia P. Você admite. Então por que não posso ter algumas galáxias e estrelas se você pode ter uma montanha? O que você diz, Sobrinho? Alguma chance de trazer uma montanha para seu tio e algumas galáxias para mim?

Eu me recusava a ser jogado no meio daquelas picuinhas. Vou pensar, falei. Não sei se… Você está sempre pensando, disse Tia P. Pensa nisso, pensa naquilo, depois pensa mais um pouco nisso. Por que simplesmente não *faz*? Vá buscar algumas galáxias. Quero fazer um vestido. Estou farta desta nadeza toda. Farta, farta, farta. Só o que tenho aqui é um punhado de nada. Eu quero *alguma coisa*. Não deve dar ordens a Ele, disse meu tio. Deva, já estou cheia das suas intromissões, disse Tia P. Estou começando a me cansar de você também, junto com o Vazio. Você é vazio. É cheio de nada. Se tivesse um pouquinho mais de ambição, poderia… Está indo longe demais, disse Titio. Está começando com um dos seus faniquitos. Não estou não, disse Titia. Só começo a ver as coisas como são de verdade. Não gosto do modo como você está agindo, disse Titio. Precisa se acalmar. Não fale para eu me acalmar, disse Titia. Não me trate como uma coitada. Não sou nenhuma coitada. Meu tio tentou fazer carinho nela. Não chegue perto de mim, disse Titia. Nem pense que vai dormir comigo por um bom tempo. Presunção sua, disse Titio. Não sei quem iria querer dormir com uma rabugenta como você.

Por favor, interferi. Não briguem. Ele começou, disse Tia Penélope. Com isso, os dois partiram bravos, um para cada lado. Eu nunca os seguia durante esses bate-bocas. Preferia deixar que andassem bastante sozinhos e esfriassem os ânimos. Fiquei olhando os dois se distanciarem, cada vez mais indistintos por trás das camadas sucessivas de nada. Por fim, ambos desapareceram. Dali a pouco, o Vazio se acalmou novamente e começou a ressoar com música suave.

Aalam-104729 tinha sido deixado num discreto afloramento de vaziez, não muito longe, e estava em expansão como sempre. O universo começava bem, com galáxias, estrelas e planetas, e eu me peguei conjecturando que outros objetos poderia fazer. Queria muito mais matéria, muito mais energia, muito mais de tudo. Aquele universo único era uma belezinha, mas agora, olhando para ele, me parecia muito pequeno. Outros universos em potencial andavam voando pelo Vazio, palpitando e girando, mas sem nada. Alguns deles poderiam tornar-se muito mais grandiosos do que Aalam-104729. Ah, as novas maravilhas com que eu poderia dotá-los! Eu só precisaria decretar mais alguns princípios organizacionais, especificar alguns parâmetros, e eles rebentariam de matéria. Eu queria fazer galáxias cem vezes maiores que as vistas em Aalam-104729. Queria fazer estrelas tão grandes quanto galáxias, planetas tão grandes quanto estrelas, oceanos sólidos. E queria mais.

Naquele momento, havia pelo menos 10^{189} universos ocos em disparada pelo Vazio, todos acenando com possibilidades e potenciais. Peguei um que estava de passagem, como Tia Penélope havia feito. Vou começar por este cosmo, pensei. Era um esferoide gordo, não sedoso por fora como alguns dos outros, mas sarapintado e duro. Este aqui tem ambição, pensei. Irá me desafiar. Quando me preparava para entrar nele, Tia Penélope me chamou de algum lugar. O que está fazendo, Sobrinho? Eu ia começar a trabalhar em outro universo, respondi. Para quê?, quis saber Tia Penélope. Ela apareceu ao longe e veio na minha direção em marcha acelerada. Eu queria tentar algo maior, falei. E melhor. Não está satisfeito com o universo que fez?, perguntou Titia. Sim, mas... Você ainda não o terminou. Sim, mas... Sobrinho, você é impaciente. Já não conversamos sobre isso? Você é afobado demais. Trabalhar assim não dará bons resultados. E, se me permite dizer, sem querer criticar — afinal de contas somos uma família, e numa família as pessoas devem poder dizer esse tipo de coisa —, você está sendo *guloso*. Claramente guloso, e isso não cai bem.

Fiquei chateado com os comentários de Tia P. Volta e meia, ela botava defeito em alguma coisa que eu fazia, ou me olhava de cara feia, ou simplesmente acordava atacada. Ela não tinha o direito de falar comigo assim; aliás, nem com o Tio D. Por tempos imemoriais ela vinha fazendo Titio de capacho, tratava-o como um traste, e ele aceitava, quase nunca se defendia. Mas isso aviltava os dois. Guloso! Como assim, guloso? Que mal havia em querer preencher mais alguns universos? Na minha opinião, Tia Penélope estava enganada, redondamente enganada. E por que falara daquele jeito mesquinho e ofensivo comigo? Era algum tipo de compensação por alguma coisa, alguma coisa que faltava nela própria. Pois bem, suas farpas não mereciam resposta. Eu é que não iria me rebaixar. Com quem ela pensava que estava falando?

Fui dar um longo passeio pelo Vazio. Não sei bem no que pensava, mas queria estar sozinho. O tempo passou. Que importa quanto tempo passou? O tempo passou. Percorri grandes distâncias. Fui para lá e para cá, mal notando os montes e vales de nadeza, as dobras e mais dobras de vaziez, o vácuo absoluto. Não sei

72

no que pensava, nem quanto tempo decorreu. Podem ter sido eras. Fiquei relembrando épocas passadas, antes da invenção do tempo, quando Tia Penélope, Tio Deva e eu falávamos todos simultaneamente. Nenhum podia ouvir o outro naquele falatório simultâneo, mas era parte de como nos relacionávamos, e havia certa familiaridade agradável nisso. Relembrei pensamentos em potencial que tivera, muito antes de decidir criar qualquer coisa, quando até mesmo a ideia de criar algo era uma potencialidade, uma possibilidade. Como éramos sonolentos! Admirou-me quanto Tia P. e Tio D. haviam mudado durante o tempo infinito desde que eu os conhecia, mas especialmente em épocas recentes. Pareciam ter ficado mais íntimos em certos aspectos, mas se distanciado em outros. E pensei nas minhas próprias sensibilidades, em como eu só me dera conta da onipresente música que enchia o Vazio depois da criação do tempo. Antes disso, a música acontecia toda de uma vez, parecia apenas outro aspecto da existência, como a natureza do pensamento. Tanta coisa acontecera em relativamente pouco tempo, sem dúvida pouco tempo se comparado à existência que antes se espraiava sem fim. Andei, andei, andei, distâncias imensas no Vazio, mas distâncias imensas no Vazio são infinitesimais em confronto com o infinito. Eras se passaram.

Quando voltei ao lugar de onde partira, lá estava Tia Penélope, exatamente onde tinha estado antes, como se não houvesse decorrido um único tique-taque de hidrogênio atômico. E percebi que ela tinha razão. Eu estava sendo guloso. Na infinidade passada do tempo, eu nunca me vira guloso, mas pensando bem nunca tivera nada que pudesse ser objeto de gula. A matéria era invenção recente. Eu tinha sido guloso. Fiquei sem jeito. De imediato, larguei o esferoide gordo e vazio de exterior sarapintado, e ele se afastou velozmente, foi juntar-se à miríade de outros universos vazios em disparada por ali. Desculpe, eu disse a Titia.

A senhora tem razão. Eu estava sendo guloso. Um universo de cada vez. Vamos acompanhar este até o fim. Obrigada, disse Tia P. Uma das suas qualidades admiráveis, Sobrinho, é reconhecer os seus erros. Não é como uns e outros que conheço.

As origens da vida

Depois da arrefecedora conversa com Tia Penélope, decidi novamente dar atenção a Aalam-104729. Desde minha última visita, várias mudanças fascinantes haviam ocorrido. Em consequência das reações nucleares na primeira geração de estrelas, os elementos mais abundantes do universo eram hidrogênio, hélio, oxigênio e carbono, por isso eu esperava que muitas moléculas se originassem deles. E acertei. Água — composta de dois átomos de hidrogênio ligados a um átomo de oxigênio — era abundante no mínimo num planeta a cada dúzia de sistemas solares, cobrindo sua superfície com oceanos líquidos e flutuando acima em vapores gasosos. Outra molécula comum em atmosferas planetárias era o metano, composto de um átomo de carbono ligado a quatro átomos de hidrogênio. E o dióxido de carbono. E a amônia. A luz solar filtrava-se esplendidamente por esses gases atmosféricos, dando ao ar de certos planetas fulgurações carmesim, turquesa e amarelo-cádmio.

Outros fenômenos eram menos esperados. As atmosferas de numerosos planetas eram repetidamente rachadas por raios recortados de eletricidade. Essas espetaculares descargas cuspiam energia nas atmosferas primordiais e formavam novas moléculas complexas: açúcares, carboidratos e lipídios, aminoácidos e nucleotídios.

Entre os átomos, o carbono era insuperável em ligar-se a outros átomos. Tinha quatro elétrons disponíveis para o pareamento, o número máximo para os átomos menores. Por isso, os átomos de carbono podiam ligar-se entre si e juntar centenas de átomos de oxigênio, hidrogênio e outros elementos em cadeias compridonas. Ou então formar anéis hexagonais e outras estruturas elaboradas. O nitrogênio, capaz de compartilhar três elétrons com outros átomos, também era muito bom nas ligações. Outros elementos possuíam diferentes habilidades ligamentosas que geravam muitos padrões. Átomos em moléculas formavam cadeias lineares, tríades planares, tetraedros, octaedros — e alguns se dobravam sobre si mesmos de um jeito fascinante. Tudo isso tinha como causa as atrações e repulsões elétricas específicas entre os átomos, as quais, por sua vez, surgiam das órbitas precisas de seus elétrons. Essas órbitas, por fim, eram rigidamente ordenadas pelas leis do quantum.

Como no caso dos planetas e das estrelas, não tive nenhuma participação na criação dessas moléculas. Elas se formaram por conta própria, seguindo irresistivelmente a criação de matéria e o pequeno número de princípios com os quais o universo começou. Causa e efeito, causa e efeito. Eu era um mero espectador. Mas observaria a progressão dos acontecimentos, como Tia Penélope sugerira, e interviria se as coisas começassem a desandar.

Assim que se formaram grandes moléculas nas atmosferas planetárias, elas despencaram pelo ar e afundaram nos oceanos. E se dissolveram. Se o carbono é o átomo mais conveniente para formar moléculas complexas, a água é o líquido superior quando se trata de dissolver outras moléculas. Graças à posição de seus elétrons, as moléculas de água podem delicadamente separar outras, ligar-se por atração elétrica e escoltar as moléculas convidadas enquanto elas nadam.

Com o tempo, os oceanos de vários planetas viraram um encorpado ragu de moléculas baseadas em carbono e nitrogênio, água e fragmentos de outras moléculas. Essas entidades sortidas passaram a colidir frequentemente umas com as outras durante os seus vaivéns pelos mares cálidos. Mesmo num único planeta, trilhões e trilhões dessas colisões moleculares ocorriam a cada tique-taque do relógio de hidrogênio. Com tantos encontros, acontecia todo tipo de coisas inéditas. Novas moléculas eram criadas. Algumas se juntavam e formavam moléculas maiores. Algumas se rearranjavam ou tiravam pedaços umas das outras. Algumas extraíam energia de outras moléculas arrancando-lhes elétrons. Várias estruturas arquitetônicas formaram-se; por exemplo, cavidades esféricas ou elipsoides sólidos, que se mantinham juntos por alguns momentos e então se separavam. Era tentativa e erro, tentativa e erro, tentativa e erro. Eram trilhões de experimentos científicos realizados a cada tique-taque atômico. Eu não via a hora de descobrir o que iria acontecer.

Uma das moléculas — uma longa cadeia de átomos de carbono, hidrogênio, oxigênio, fósforo e nitrogênio — tinha a habilidade de se replicar. Em cada seção da cadeia, as atrações elétricas eram exatamente as necessárias para apanhar uma seção correspondente em meio à miscelânea de matérias-primas que flutuava por perto e duplicar-se. Essa molécula mestra podia fazer mais do que replicar-se: também servia de intermediária na montagem de outras moléculas. Em ação, ela parecia quase dotada de algum propósito; no entanto, não passava de matéria boba e sem vida, como o resto.

Foi então que uma coisa curiosa aconteceu. Totalmente por acaso, nos quatrilhões de estruturas novas que se formavam a cada tique-taque, uma das moléculas autorreplicantes acabou alojada dentro de uma cavidade fechada de outras moléculas. A parede dessa cavidade, da grossura de apenas umas poucas moléculas, envolveu o mundinho dela. E como era pequenina! Trilhões de vezes menor que um planeta. Mas esse minúsculo mundo celular possuía certa completude, um exterior e um interior. O exterior era o denso oceano cheio de açúcares, carboidratos e aminoácidos. O interior era uma das moléculas replicantes e outras, moléculas baseadas em carbono e nitrogênio que tinham vindo junto por acaso. A parede celular permitia que algumas moléculas do exterior penetrassem. Outras eram rejeitadas. No entanto, nem mesmo essas células podiam sustentar-se caso não tivessem uma fonte de energia. Energia era crucial. No Vazio, Tio Deva, Tia Penélope e eu contávamos com um suprimento infinito de energia. Mas aqui, em Aalam-104729, a energia era um bem escasso, de quantidade limitada. Era preciso encontrar energia do melhor jeito possível para se manter e sobreviver.

Era apenas questão de tempo para que algumas das células reunissem, por total acaso, todos os ingredientes para se preservar indefinidamente, com a capacidade de obter energia desmontando açúcares, que armazenavam bastante energia elétrica na força de repulsão entre seus elétrons; reforçar a si mesmas com suprimentos através de uma parede celular seletiva; e se reproduzir envolvendo uma molécula replicante. Células assim se formaram nos oceanos de muitos planetas. Prosperaram nos ricos açúcares e em outras moléculas que flutuavam nos mares cálidos à sua volta. Trocaram materiais com o mundo exterior. Cresceram. E então replicaram seu interior, dividiram-se, duplicaram seus números.

Estavam vivas essas coisas? Depende do que se define como vida. Elas eram organizadas. Reagiam ao seu ambiente. Em contraste com as montanhas e os oceanos, eram capazes de crescer e se reproduzir. Mas em outros aspectos, mais essenciais, eram apenas matéria simples. Todos os seus maravilhosos mecanismos aconteciam sem nenhum pensamento. Aliás, nada havia que se assemelhasse ao pensamento dentro do esparso e limitado protoplasma de seus corpos. Elas não podiam se comunicar. Não podiam originar ideias. Não podiam tomar decisões. Decerto, não tinham noção de si mesmas. Os poucos impulsos elétricos que surgiam em seu interior serviam apenas para que elas se mantivessem e se preservassem — e mesmo esses ocorriam automaticamente, como uma rocha que cai e derruba outra rocha, que por sua vez cai e derruba outra rocha, que por sua vez derruba outra, e assim por diante. Independentemente de quantas rochas tivermos numa progressão como essa, poderíamos dizer que essa coisa tem capacidade de pensar? Com certeza, não. As rochas só estão obedecendo às leis da gravidade de forma passiva. Assim, embora eu me divertisse com aquelas células autorreplicantes, não diria que estavam vivas em algum sentido significativo da palavra. Eu as chamaria de matéria inanimada sofisticada. Isso: matéria inanimada sofisticada. E eu não tinha pressa em fazer matéria animada.

Voltei para o Vazio e fiz um relatório completo a Tia Penélope. Àquela altura ela já tinha feito as pazes com Tio Deva, e até lhe permitia escovar seu cabelo. Encontrei os dois juntos, ela sentada feliz da vida em sua poltrona, ele de pé atrás dela. Agora você acertou, ela disse. Aí mesmo, aí mesmo. Isso. Isso. Agora você acertou.

Eu estava aqui me perguntando quando você voltaria, disse Tia P. ao erguer os olhos e me ver. Se eu fosse você, iria dar uma olhada na coisa de vez em quando. Está tudo caminhando bem, respondi. Não seja presunçoso, Sobrinho!, ela disse, dando uma olhada para meu tio, como se o desafiasse a se opor àquele comentário ríspido. Mas ele ficou calado e continuou a escovar o cabelo dela com movimentos longos e ritmados.

Passou-se um tempo até minha visita seguinte a Aalam--104729. Para ser exato, foram $2,5 \times 10^{32}$ tique-taques atômicos. Não que eu estivesse contando o tempo. Eu vinha acompanhando por alto os acontecimentos no novo universo, mas só por alto. Quando então voltei a dar-lhe toda a minha atenção, fiquei assombrado com o que descobri: as células inanimadas sofisticadas haviam prosseguido em seu desenvolvimento, constantemente estapeadas e alteradas pelas moléculas que flutuavam à sua volta. Pelo jeito, um grande número de possibilidades moleculares adicionais havia sido explorado, também por total acaso. Algumas das células tinham fabricado moléculas capazes de usar diretamente a luz solar para obter energia, convertendo água e dióxido de carbono em açúcares. Os subprodutos dessas novas reações químicas incluíam oxigênio gasoso, que saía borbulhante da água para a atmosfera. Em sua forma gasosa, o oxigênio é cáustico. Queima. Corrói. Rouba elétrons de outros átomos e os destrói. Uma profusão das células usuárias de luz foi aniquilada por suas próprias produções. Mas algumas possuíam revestimento resistente ao oxigênio e tinham até evoluído para novas células capazes de usar oxigênio para extrair energia de açúcares e gorduras.

Em alguns planetas, as novas células usuárias de oxigênio haviam se juntado e formado organismos maiores e mais complexos. Essas coisas maiores, feitas de milhões e bilhões de células, continuavam a mudar, justamente como tinham feito as células isoladas. Conforme iam ocorrendo novas possibilidades moleculares, sempre por tentativa e erro, as células nesses organismos compostos não evoluíam todas da mesma maneira. Algumas assumiam funções especializadas, como processar resíduos, colocar em circulação o oxigênio necessário ou fornecer os meios mecânicos para o organismo se mover com mais facilidade. Algumas das células inclusive se desenvolveram para coordenar e controlar as atividades das outras células especializadas.

Tudo isso tinha acontecido na minha ausência! Seguindo irracionalmente as regras do acaso e da necessidade, os mares cálidos dos planetas estavam produzindo uma profusão de organismos multicelulares muito organizados e eficientes. Fiquei um pouco envergonhado por tanta coisa poder acontecer sem nenhum controle da minha parte.

A essa altura, hesitei em classificar aquelas coisas como totalmente inanimadas. E eu podia ver rudimentos de cérebros. Não cérebros com ideias, mas conglomerados de células que com certeza estavam coordenando outras células. Sem dúvida aqueles conglomerados especializados se tornariam cada vez mais complexos à medida que os organismos ganhassem complexidade. As células de coordenação e controle enviariam mais sinais elétricos umas às outras. Desenvolveriam circuitos de realimentação de informações. Teriam a sensação de mudança em resposta a estímulos. Uma vez ou outra, poderiam permutar sinais entre si sem valor de sobrevivência, mas simplesmente como uma declaração de existência em comum. Eu podia antever a tendência. Por fim, aquelas coisas teriam algum tipo de reconhecimento de que eram entidades independentes, separadas do mundo exterior. Perceberiam a si mesmas de um ponto de vista fora de si mesmas. Em suma, elas passariam a ter o *sentimento de si. E pensariam.* Era só questão de tempo.

Como eu me enganara! Acreditar que podia decidir deliberadamente se criaria ou não matéria animada. Como agora era evidente para mim, a matéria animada era uma consequência inevitável de um universo com matéria e energia e alguns parâmetros iniciais apropriados. Se eu quisesse, poderia destruir a vida. Mas em sua criação eu era apenas um mero espectador.

Eu estava surpreso. Estava comovido. Estava preocupado. Que coisa era aquela que fora posta em movimento? Primeiro veio o tempo. Depois, espaço e energia. Depois, matéria. E agora a possibilidade da vida, de outras mentes. O que pensariam as novas mentes? O que entenderiam? Eu não tinha desejado isso? Sim, eu tinha. Mas também não tinha. Certamente eu não estava preparado. Podia sentir o peso do futuro, carregado, repleto de possibilidades. Mas eu não podia ver o futuro. O futuro era uma coisa enevoada, pulsante, uma galáxia invisível. Estaria fora de controle, do *meu* controle?

Livre-arbítrio?

De vez em quando entro em estados meditativos por tempo indefinido. Antes dos primeiros relógios atômicos, a duração desses estados era verdadeiramente incalculável. Tia Penélope podia me dizer, quando eu emergia de uma dessas meditações, que eu estivera ausente por um tempo muito longo, que ela e Titio haviam dormido e despertado muitas vezes enquanto eu não estava, que a música havia praticamente cessado no Vazio e coisas do gênero. Mas para mim o tempo não passara. Ou melhor, nada acontecera que merecesse minha atenção. Mesmo com a invenção de recursos para medir o tempo, eu ainda defendia a ideia de que o tempo só tinha significado em relação a eventos. Se não ocorresse nenhum evento, ou nenhum evento significativo, então se poderia dizer com certa razão que nenhum tempo se passara. Enfim, era assim que eu me sentia depois de cada uma das minhas meditações em outras eras. Aliás, o propósito dessas meditações, para mim, era me libertar de eventos, trazer a mente de volta para si, transformar a mim mesmo e meus pensamentos num estado puro e instantâneo de ser. Decerto isso era conseguido no Vazio. Na vaziez do Vazio nunca ocorriam eventos, com exceção de um ou outro passeio do Tio Deva ou da Tia Penélope — e, com o devido respeito pelos meus tios, esses eventos dificilmente poderiam ser considerados significativos.

Mas, agora, as coisas tinham mudado. Com tantos acontecimentos no novo universo — que, de fato, era uma algazarra de eventos, um por cima do outro — nunca havia um momento sem fatos significativos. Até no Vazio, a mais perfeita e absoluta condição do nada, existia sempre uma percepção de que os eventos estavam disparando atabalhoadamente naquela pequena mas sempre crescente esfera. Não importa o que se estivesse fazendo no Vazio, não importa onde se estivesse no Vazio, era possível *sentir* a enorme quantidade de novos acontecimentos em Aalam-104729. Dava para sentir o presente disparando direto para o futuro, muito embora o futuro fosse vago e cheio de incerteza. Os trilhões de outros universos que voavam por perto, pulsando com potencialidades, pareciam um nada em comparação com as explosões correntes em Aalam-104729. Eu já não conseguia meditar na quietude absoluta.

Estava eu, pois, removido da existência e ao mesmo tempo consciente dos clamores no novo universo quando Belhor e Bafomé reapareceram. Belhor tinha a mesma aparência da visita anterior, uma figura alta e esguia, distinta e escura. Bafomé, ainda atarracado e feio com seu interminável sorrisão afetado, parecia ter adquirido um andar insolente. E agora eram dois Bafomés: atrás do original havia uma segunda criatura, menor, curvada de um jeito patético e fazendo constantes mesuras para tudo o que via.

"Espero não estar incomodando", disse Belhor.

"Esperamos não estar incomodando", disse Bafomé Maior. "Nunca, de forma nenhuma, iríamos querer incomodar tamanha eminência. Jamais."

"Não, não iríamos", disse Bafomé Menor. Nesse momento,

o maior se virou de supetão e chutou o outro bicho, que ganiu de dar dó. "Quieto", disse Bafomé Maior. "Eu digo quando você puder falar." "Sim, amo", disse o menor. Bafomé Maior deu uma cambalhota para trás e escancarou o sorriso.

Claro que eles estavam me perturbando. Eu estava triplamente perturbado. Mas sou a favor de alguma consideração pelos outros, independentemente de suas ações, por isso me limitei a responder: "O que vocês querem?".

"Temos muito que conversar", disse Belhor. "Muitas coisas aconteceram desde o nosso último encontro. Coisas interessantes, eu diria. Parece que chegou vida primitiva ao nosso universozinho. Inevitavelmente a vida primitiva evoluirá e se tornará mais… digamos, complicada. O sentimento de si virá em seguida. E a inteligência. É só uma questão de tempo. Você concorda?"

"Sim", falei. "A menos que eu intervenha. Você está bem informado."

"Faço questão de me informar", disse Belhor.

"Ah, meu amo sem dúvida nenhuma faz questão de se informar", disse Bafomé Maior. "Meu amo sabe tudo de tudo. Que esplêndido!" Belhor fuzilou Bafomé Maior com o olhar e, com isso, o bicho se virou e chutou Bafomé Menor.

"Meu pedido", Belhor me disse, "é simplesmente que você *não* intervenha. Permita que essas criaturas primitivas evoluam e adquiram sentimento de si e inteligência."

"Pensarei sobre o seu pedido", respondi.

"Com inteligência", disse Belhor, "as novas criaturas terão pelo menos a *impressão* de que tomam decisões por si mesmas. Obviamente, saibam elas ou não, *nós* sabemos que estarão seguindo as mesmas leis e regras que a matéria inanimada, as leis e regras que você decretou. Os comportamentos e ações delas ainda serão totalmente prescritos de antemão, afora as ligeiras modificações derivadas da sua invenção quântica. Mas as criaturas ainda terão a impressão de liberdade de escolha. Podemos deixar que tenham essa impressão, não é? Que mal haveria?"

"Não tente me enrolar", falei.

"Eu nunca tentaria enrolá-lo", disse Belhor. "Nunca tento enrolar ninguém, muito menos você. Não estou lhe pedindo que faça alguma coisa. Peço apenas que *não* faça alguma coisa, que não intervenha, que deixe as coisas seguirem seu rumo."

"Sim", falei. "Entendo o que está pedindo. Vou pensar. Há prós e contras no surgimento de vida inteligente no universo, e eles devem ser cuidadosamente ponderados. Neste momento, não vejo mal algum, como você diz, em permitir que novas formas de vida animada tenham a impressão de que tomam decisões por conta própria."

"Ótimo", disse Belhor. Lentamente, ele foi até onde Aalam-104729 estava deitado de lado e o pegou. O universo emitiu um gemidinho abafado. "É tão precioso", disse Belhor, "com tantas possibilidades. De fato, com um número infinito de possibilidades. Se me permite, lembra-se da nossa conversa anterior, na qual concordamos que com um número suficientemente grande de resultados seria impossível imaginar tudo o que poderia acontecer no futuro? Lembra-se dessa conversa?"

"Sim, me lembro. Não me esqueço de nada."

"Não, é claro que não", disse Belhor. "Eu só queria fazer uma referência àquela conversa. Por favor, com sua permissão, deixe-me continuar. Quero discutir uma questão de princípio com você. Reconhecemos que nossas criaturas inteligentes terão a impressão de tomar suas próprias decisões enquanto, ao mesmo tempo, estarão sujeitas às regras e leis que você criou. Mas agora vem a pergunta: você terá a *presciência* das decisões e ações das criaturas, ainda que seus átomos e moléculas estejam seguindo as regras que você ditou? E, mesmo que, em princípio, você pudesse ter esse conhecimento prévio, estaria disposto a abrir mão disso em alguns casos? Por favor, deixe-me terminar. Muitas dessas criaturas possuirão cérebro. Existe um número extremamente grande de possíveis arranjos mesmo para um cérebro pequeno. Considere, por exemplo, um átomo típico, como o carbono. Digamos que ele tenha vinte configurações possíveis. Pode haver 10^{14} átomos em uma das novas células, de modo que há $20^{10^{14}}$ diferentes configurações possíveis numa única célula. Num cérebro bem modesto, com 10^{12} células, haveria, portanto, $20^{10^{26}}$ possíveis configurações. Esse número é imensamente maior que o número total de átomos de uma galáxia. Como pode ver, há um número estonteante de diferentes configurações até mesmo num cérebro modesto, e todas elas podem ter um impacto sobre uma decisão tomada por esse cérebro."

"E daí?", questionei. "Sei fazer esse cálculo." Quanto mais eu conhecia Belhor, mais ele me impressionava. E me preocupava.

"É claro que você sabe fazer os cálculos", disse Belhor. "Para ser franco, é um prazer conversar com alguém que tem a sua inteligência. E espero que a recíproca seja verdadeira. É claro que você sabe fazer os cálculos. Mas por que iria querer fazer? A cada momento, existe um número colossal de possíveis configurações para um único cérebro modesto. Pois bem, reflita que haverá bilhões de cérebros em cada planeta e bilhões e bilhões de planetas. Por que você iria querer ficar acompanhando todos esses cérebros, fazendo todos esses cálculos maçantes, vendo todas as possibilidades? E lembre-se de que o desalojamento de um único átomo em qualquer um desses cérebros poderia mudar o resultado de uma longa sequência de eventos, terminando numa decisão ou ação diferente."

"Você é esperto", falei. "Mas não entendo aonde quer chegar."

"Creio que entende, sim", replicou Belhor. Ele agora me olhava atentamente. Mesmo com o rosto de frente, ele era esguio, tão esguio quanto a borda afiada de alguma coisa. "Estou dizendo que, assim como você não deve intervir no desenvolvimento de mentes inteligentes no nosso novo universo, peço-lhe que não tente predizer o comportamento dessas mentes. Deixe que tomem decisões e ajam sem a sua presciência. Essas criaturas não merecem a sua preocupação. Ainda seguirão suas regras e leis. Mas há tantas possibilidades. Deixe que as criaturas ajam sem a sua presciência. Elas terão a sensação de tomar as próprias decisões... Na verdade, mais do que a sensação. Mas ainda estarão seguindo suas regras. Repito, não estou lhe pedindo para fazer alguma coisa. Estou pedindo para não fazer."

"Se esses seres hipotéticos — e ainda não decidi se permitirei que existam —, se esses seres hipotéticos tomarem decisões sem a minha presciência, não estarão sob meu controle."

Belhor nada disse. Continuou a olhar para mim.

"Oh, acho que o Maioral está preocupado", disse Bafomé Maior. "Nossa, nunca pensei que o Maioral se preocupasse com alguma coisa. Meu amo O deixou preocupado."

"Os átomos e moléculas deles ainda estarão seguindo suas regras", Belhor me disse.

"Sim", falei, "mas com o grande número de possíveis configurações, como você ressaltou, pequenas perturbações poderiam alterar resultados. Será preciso algum esforço para predizer todos os resultados."

"Justamente", disse Belhor. "Você faz questão de ter controle total sobre tudo o que criou? Já discutimos esse assunto."

"Preciso refletir sobre isso tudo", falei. Cá para mim, eu pensava que Belhor estava certíssimo, mas eu não lhe daria a satisfação de aprovar imediatamente seu pedido. De fato, eu não queria calcular os zilhões de possíveis configurações envolvidas em cada decisão de cada criatura inteligente em cada planeta.

"Então vai pensar?", perguntou Belhor.

"Sim, vou pensar."

"Ótimo", disse Belhor, e sorriu daquele seu jeito inquietante de antes. "Agora estou novamente interessado."

"Estamos todos interessados", disse Bafomé Maior. "Muito interessados."

Belhor fez uma reverência. "Apreciei imensamente nossa conversa. Todos nós aqui nestas regiões temos responsabilidades com as novas coisas que você criou. Com a vida. Com a vida."

Bondade em cada átomo

Não contei aos meus tios sobre a mais recente visita de Belhor e companhia, pois sabia da animosidade deles contra o estranho. Mesmo assim, Tio Deva parecia misteriosamente ciente da conversa. Ou, se não da conversa propriamente dita, pelo menos das questões sobre a vida no novo universo. Durante um de meus passeios recreativos pelo Vazio, Titio me acuou. Tia Penélope está dormindo, ele disse, e isso nos dará uma chance de conversar "sem impedimentos".

Então, disse Titio alegremente, percebo que logo teremos criaturas animadas saltitando pelo nosso universo. Um excelente avanço, eu diria. Espero que você não pense o contrário. Fez esse último comentário num tom despreocupado, mas eu sabia que ele estava me sondando. O mais fácil seria deixar acontecer, falei. Mas não decidi totalmente a questão. Ah, que coisa!, ele disse. Tio Deva nunca me criticava do mesmo modo que Tia Penélope, mas, tendo vivido tantas eras com ele, aprendi o que "Ah, que coisa!" significava. Ele estava exasperado comigo. Você fez um trabalho magistral, disse Titio. As galáxias. As estrelas. Os não sei quês. Até os atomozinhos solitários de hidrogênio flutuando por toda parte. Mas, com certeza, a mais grandiosa de todas as realizações seria a criação de vida inteligente. Há alguns problemas, falei. Sim, evidentemente que haverá problemas, disse Titio. Mas não há problemas em tudo? Sobrinho, que significado tem o seu universo sem outras mentes nele? Ele tem beleza, respondi. Sim, ele tem beleza, disse meu tio. Mas quem está lá para apreciar a beleza, fora você, eu e sua tia? A beleza não teria mais significado com outras mentes para admirá-la? Não seria *transformada* por outras mentes? Não estou falando em admiração passiva da beleza, mas em participação nessa beleza, na qual todos se engrandecem. Nós três não temos a mesma essência do universo. Mas os seres vivos nascidos nesse universo, feitos do mesmo material, têm essa essência. Você me disse que as formas de vida são feitas dos mesmos átomos que todo o resto do universo. A beleza de que você fala — as estrelas, os oceanos etc. — é parte da beleza *deles*, desses seres vivos. E imensamente ampliada pela participação deles, porque a absorvem e, como reação, extravasam sua própria beleza. É uma coisa espiritual, não vê?

Eu gostava demais do Tio Deva. Era sincero em suas crenças e afável. Você não quer que seu universo tenha algum reconhecimento de si mesmo?, continuou Titio. Quero dizer, as mentes dentro dele? Por mais bela que seja, uma montanha não pode ter o reconhecimento de si mesma. Não quer que alguns pedacinhos do seu universo saibam que fazem parte de um todo, de um padrão, que algum ato glorioso criou tempo, espaço e matéria e pôs tudo em movimento? Não foi tão glorioso assim, respondi. O senhor deve se lembrar: eu estava cansado daquele nada infindável seguido de mais nada. Queria mudança. Queria alguma coisa. Só isso.

Pode dizer o que quiser, falou meu tio. Mas mesmo que não tivesse nenhum propósito grandioso em mente... O fato é que a criação da coisa foi gloriosa. E um ato pode ser glorioso independentemente de sua intenção e propósito. Inteligência, percepção e atenção irão ligar as peças do nosso universo de um modo que a matéria inanimada nunca pôde fazer.

Tio Deva olhou-me afetuosamente e suspirou. Vejo que está inquieto, ele disse. O que o preocupa? Preocupa-me que alguma coisa desagradável possa acontecer, respondi. Alguma coisa terrível. Talvez muitas coisas terríveis. Se um ato pode ser glorioso independentemente de sua intenção, ele também pode ser desastroso independentemente de sua intenção. Preocupa-me que possa acontecer algo de mau aos seres inteligentes no novo universo, que eles sofram. Ainda está pensando no sr. Belhor?, perguntou meu tio. O que ele sabe? A sua *bondade* impedirá o sofrimento. Você deve acreditar nisso. A vida animada, assim que adquirir inteligência, sentirá sua bondade. Nenhum sofrimento pode provir dela. Não sei, não, repliquei. Tenha fé, disse Titio. Sua bondade enche cada átomo do universo. Fluirá para cada ser criado. O sofrimento não pode ocorrer num cosmo assim.

Queria ter tanta certeza disso quanto o senhor, falei. Sinto uma comoção, uma vibração que me percorre, o futuro. O futuro está acontecendo.

Então está decidido, disse Tio Deva. Tenho esperado por esse momento por tempos imemoriais. Sim, o futuro está acontecendo. Sua tia e eu temos discutido essa possibilidade já há algum tempo e temos umas coisinhas a sugerir, apenas algumas coisinhas, sobre como queremos que nossas criaturas sejam.

Corpos e mentes

Mas não importava que aparência Tia Penélope e Tio Deva desejavam para as novas criaturas. Porque esse processo, como quase tudo o mais no novo universo, acontecia por si, por tentativa e erro, sem necessidade de intromissão.

Nos trilhões e trilhões de galáxias, e nos bilhões de planetas em cada galáxia, cada forma de vida imaginável surgiu. As criaturas usuárias de luz desenvolveram-se em magníficas vegetações: algumas altas, delgadas e profundamente fixas no solo planetário; outras pequenas, delicadas e deslumbrantemente coloridas. Eram ásperas e cascudas, macias e sedosas, grudentas, úmidas, secas, gelatinosas, afiadas, arredondadas, generosas e abertas, fechadas e herméticas como se protegessem um segredo. Algumas viviam em terra firme, outras sob os oceanos. Algumas flutuavam no ar, sopradas pelos ventos. Algumas até deixavam seus planetas natais e ficavam à deriva pelo espaço, encontrando matérias-primas nas névoas de gás interestelar. Algumas eram pesadas, com escamas e cortiças externas, algumas quase invisíveis de tão diáfanas, com pouquíssimas moléculas de espessura. E tantas formas: círculos e discos, espirais, leques, esponjas e lâminas, planos molengas, redes filigranadas, bolhas e rolos grossos. De modo geral, as várias vegetações não tinham locomoção própria. No entanto, sendo nutridas pela luz do sol, todas encontraram hábitats e posições onde podiam orientar-se na direção de sua estrela central. Seu maquinário molecular transformava luz solar, água e dióxido de carbono em açúcares, e elas viviam desses açúcares.

As criaturas usuárias de oxigênio eram mais complexas, com metabolismos e eficiências intensificados. Possuíam órgãos mais intrincados. Deslocavam-se. Mexiam-se, agarravam. Comiam. Transformavam seu ambiente. Grande parte desses animais permanecia nos oceanos líquidos onde originalmente haviam formado e desenvolvido corpos hidrodinâmicos que lhes permitiam deslizar pela água com um mínimo de atrito e impelir-se contorcendo suas superfícies lisas. Outros ganharam apêndices emplumados que abanavam no ar, criando força de subida suficiente para contrabalançar a gravidade. Esses animais emplumados voavam através da atmosfera em graciosos mergulhos e voos planados. Alguns dos animais usuários de oxigênio desenvolveram grandes bolsas de gases de baixa densidade que lhes permitiam flutuar nos ares. Direcionavam seus deslocamentos emitindo pequenos jatos de fluido e gás. A criaturas que se fixaram em terra firme moviam-se sobre dois ou mais apêndices, algumas com até uma centena deles, que jogavam para a frente e para trás em movimentos bruscos.

Para ajudar nas reações a estímulos externos, muitos recursos sensoriais evoluíram: sensores eletromagnéticos, sensores acústicos e vibracionais, sensores térmicos, sensores moleculares. Células especializadas, sensíveis à luz, a pressões mecânicas ou a moléculas específicas, aninharam-se em abas, protuberâncias ou saliências de carne de formas curiosas. Em alguns sistemas estelares, criaturas avançadas desenvolveram apenas um ou dois sensores eletromagnéticos, geralmente situados na parte superior do corpo; em outros, dezenas se distribuíam pelo corpo todo, até as extremidades. Alguns animais adquiriram primorosa sensibilidade a campos magnéticos, outros à radiação infravermelha, outros ainda a minúsculas vibrações, com a capacidade de decompor ligeiras perturbações em componentes harmônicos e assim criar um mapa dos movimentos à sua volta.

As anatomias variavam, como todo o resto. Havia órgãos para processar açúcares, gorduras e outras fontes de energia; movimentar líquidos e gases; excretar resíduos; emitir sons de alta frequência para comunicação; armazenar energia química e vibracional; manter o equilíbrio num campo gravitacional. Os animais do oxigênio tinham ossos estruturais e sistemas elétricos internos. Tinham múltiplos apêndices, alguns repletos de órgãos sensitivos. Eram envoltos em cabelos, pele, escamas, cristais de silício. As criaturas de climas mais quentes adquiriram peles finas e porosas para que o calor pudesse ser facilmente conduzido de dentro para fora do corpo. Em climas mais frios, os seres tinham protuberâncias e camadas de gordura logo abaixo da pele para reter o calor. Em planetas próximos de estrelas ultravioleta surgiram criaturas com grossos revestimentos metálicos no corpo. Animais em planetas de baixa gravidade tendiam a ser frouxos e grandes; em planetas de alta gravidade, pequenos e compactos.

Ao longo de bilhões de órbitas dos planetas ao redor de suas estrelas centrais, de bilhões de ciclos sazonais, muitas possibilidades foram testadas. Características estruturais que ajudavam um animal a sobreviver perpetuaram-se de maneira espontânea em gerações futuras. As características que não ajudavam foram então eliminadas, pois os descendentes da criatura não puderam lidar com seu ambiente bem o bastante para continuar a se reproduzir. No aspecto da progenitura, muitas das criaturas do oxigênio se reproduziam em pares, combinando suas moléculas replicadoras para fazer crias pequenas e separadas, em vez de cada adulto dividir-se ao meio. Em alguns mundos, criaturas reproduziam-se não em pares, mas em trios e quartetos. Essas permutações requeriam conjugações desajeitadas de corpos, porém permitiam grandes variações do material progenitor.

E os cérebros! Como eu suspeitava, as massas de células de coordenação e controle tinham evoluído a um grau fantástico e formado intrincadas redes de atividade elétrica. Alguns dos cérebros continham até 10 trilhões de células, cada uma conectada a mil outras. Com o tempo, criaturas com cérebros desse tamanho reconstruíram seus ambientes. Fizeram novos materiais e estruturas inanimadas que elas mesmas projetaram. Canais. Ferramentas. Máquinas. Cidades. Desenvolveram avançados métodos de comunicação, como codificar informações em radiação eletromagnética ou armazená-las em moléculas baseadas em silício e aglomerados quânticos. Criaram dispositivos para extrair energia de sua estrela central e de cometas que passavam. Descobriram a matemática. Realizaram experimentos. Construíram instrumentos capazes de sentir o que seus corpos não podiam. Desenvolveram teorias sobre o universo físico. E descobriram muitas das leis e princípios que governavam o universo, *minhas leis e princípios*. Esses meros conglomerados de átomos e moléculas *descobriram minhas leis*. E que música faziam! Uma música digna das que criei na minha cabeça, que eles produziam por meio de instrumentos materiais com cordas vibratórias, fluxos de ar e compressões de líquido. Quando ouvi essa música, de um sistema estelar para o outro, percebi que aqueles cérebros estavam participando da beleza do cosmo, como Tio Deva havia descrito. Eles tinham, sim, o sentimento de si. E, sim, eles pensavam. Porém faziam mais do que pensar. Eles *sentiam*. Sentiam a ligação que tinham com as galáxias e as estrelas. Estavam entendendo a beleza e a profundidade de sua existência, expressando essa experiência em harmonias e ritmos musicais. E em pinturas. Em metáforas e palavras. E dança. Em transferência simbiótica. Eles imaginavam o cosmo além de seus corpos. Eles imaginavam. Mas não podiam imaginar onde tudo começara. Apesar de toda a sua inteligência, havia limites a sua imaginação. Eles não podiam saber sobre coisas que não eram de sua essência. Não podiam saber sobre o Vazio. Mas pareciam sentir o mistério dessas coisas, e elas lhes inquietavam e os faziam desabrochar.

O tempo. O tempo adejava, volteava, se enovelava. O tempo espichava e se comprimia e se dilatava e se dissolvia. Eu me enganara sobre o tempo. Embora ele pudesse ser medido e fatiado pelo ritmo dos átomos de hidrogênio, agora que outras mentes existiam, o tempo andava por conta própria. Ou melhor, mesmo que ele andasse por conta própria, sua passagem só era relevante para o modo como ele era testemunhado. O tempo era, em parte, concepção. Era, em parte, uma coisa na mente. Assim como os eventos. Desde que o universo começara, quase 10^{33} tique-taques dos relógios de hidrogênio haviam se passado. Estrelas haviam nascido. Estrelas tinham envelhecido, depois explodido ou minguado, perdido o brilho e virado cinza fria. Galáxias haviam colidido. Células vivas tinham se formado. E então, mentes. Cidades tinham sido erguidas em desertos. Cidades haviam caído. Civilizações tinham florescido, depois findado. E novas civilizações emergiram. Nada era duradouro, nada era permanente. Seres vivos, criaturas com mente, eram o que havia de mais fugaz. Iam e vinham, iam e vinham, iam e vinham, bilhões e bilhões de vidas, cada uma passageira como um sopro. Átomos convergiam em seus arranjos especiais para produzir cada preciosa vida, mantinham-se juntos por momentos e então novamente se dispersavam em insensível matéria sem vida.

Átomo por átomo, a vida era um produto raro em Aalam-104729. Apenas um milionésimo de um bilionésimo de 1% da massa do universo sustentava-se em forma viva.

Consciência

Ela surgira por si mesma, e eu estava fascinado: como a *consciência* aparecera no novo universo? Que fenômeno impressionante e inesperado! Você começa com alguma matéria insensível e sem vida, deixa que ela vagueie por aí sozinha, chacoalhando e trombando com outras matérias mortas, deixa que mude e evolua por eventos aleatórios e, de repente, ela se empina nas pernas traseiras e diz: "Cá estou. Quem é você?".

Sem dúvida eu entendia todas as energias e forças nos átomos. Eram só minhas leis e meus princípios. Mas a *consciência* — esse trabalho conjunto e cooperativo de células individuais para criar a sensação de um todo, de estar vivo, de existir, do *eu* — era outra coisa. Era uma execução coletiva que ia muito além das peças individuais. Era estranho. Era maravilhoso. Era quase uma nova forma de matéria. Como tinha acontecido? E quantas células era preciso para fazer a consciência?

Decidi fazer um experimento. Adorava experimentos. O surgimento da consciência no universo exigira bilhões de anos planetários, mas eu podia acelerar o processo para apenas alguns momentos. Entrei em Aalam-104729, peguei um punhado das células de coordenação e controle num mar morno de um dos planetas recém-formados — essas células eram notavelmente semelhantes entre os diferentes planetas — e juntei-as sobre uma pedra lisa na praia. Deixei que formassem ligações elétricas e químicas entre si. Comecei com mil células. Nada. Acrescentei mais células, mil por vez, até ter 100 mil, uma bolhinha cinzenta de matéria em cima de uma pedra. Nada ainda. Apenas pulsos elétricos aleatórios, zumbidos e rumores esquisitos. Era frustrante. Eu queria muito que aquela coisa acordasse. Sacudi a pedra. Dei um safanão na bolha cinzenta. Até toquei música, uma *belantina* alegre, na esperança de animar a coisa e produzir a consciência. Acrescentei mais células. Dez milhões. Nada ainda. Cem milhões. Não muito, mas a atividade elétrica estava ficando mais interessante. Padrões mais complexos começavam a aparecer, padrões coletivos que eu ainda não tinha visto. As células estavam interagindo, mas era quase sempre uma tagarelice sem importância, como os resmungos da Tia Penélope. A essa altura, eu havia reproduzido uns 2 bilhões de anos de evolução planetária. Dupliquei o número. Duzentos milhões. Agora estava acontecendo algo inusitado! O mingau gelatinoso de células começava a criar padrões de atividade elétrica não relacionados à sua sobrevivência. Atividade elétrica *desnecessária*. Mas não aleatória. A coisa parecia estar reagindo a si mesma. Um bipezinho elétrico começava numa célula e se transmitia para as outras células, cada qual emitia seu próprio bipe, e então todos os bipes se punham a soar em uníssono, amplificando uns aos outros em um único pio elétrico. Esse pio subia e descia, quase como uma melodia, com complexos harmônicos. Dali a pouco, desaparecia gradualmente, e a coisa silenciava. E então recomeçava.

Era assim? Isso era consciência? A coisa que eu procurava era tão sutil, tão delicada, mas inconfundível quando existia.

Obviamente eu não esperava que meu montinho de células falasse comigo — aliás, a consciência evoluíra antes da fala —, mas em algum momento a massa de matéria adquiriria uma noção de si mesma.

Eu sentia que estava quase lá. Estava quase lá, só precisava fazer um pouquinho mais. Olhei em volta à procura de algumas ferramentas para cutucar a coisa. Pronto. Toquei a coisa bem de leve com um graveto. As células que foram cutucadas estremeceram, se contorceram e enviaram bipes para as demais, e elas se puseram a bipar em uníssono até ter início o pio único. Depois de alguns momentos, o montinho cinzento de novo se aquietou. Cutuquei a coisa duas vezes, uma pausa, depois três vezes. Ora, isso era notícia. Era claramente um olá do mundo exterior. Agora as células que tinham sido cutucadas estremeceram com mais força, fizeram contato com as outras, e logo todos os 200 milhões de células estavam excitadamente conversando entre si como se tivessem descoberto uma tremenda novidade. O pio único subia, descia, subia e, conforme perpassava a coisa, tornava-se cada vez mais complexo, modificava-se constantemente, mas voltava sempre ao mesmo padrão elétrico. O montinho estava *pensando*. Não sei como, tornara-se uma entidade, e não apenas uma coleção de 200 milhões de células individuais. E fora preciso um cutucão do mundo exterior para fazê-lo reconhecer a si mesmo. Agora havia nitidamente um mundo exterior e seu próprio eu. Analisei sua comoção elétrica. É claro que ele não possuía um sistema organizado de linguagem, mas eu podia entender o código elétrico e traduzir seu significado. Através de uma névoa de confusão e fragmentos primitivos de pensamento, repetia-se sempre uma mensagem abafada: "Tem alguma coisa *lá* fora. Tem alguma coisa lá *fora*. Tem alguma coisa lá fora, e tocou em *mim*". O "mim" era a parte mais bela, um padrão elétrico especial criado por muitas células simultaneamente que não podia ter outro significado. Muito além de qualquer análise de suas células individuais, além de seus impulsos elétricos e químicos que iam para um lado e para o outro, a coisa tinha uma sensação de Unidade. E, notavelmente, constatei que meu sentimento pela coisa havia mudado. Se antes eu a considerava mera massa de matéria, agora sentia simpatia, até carinho por ela. Eu queria proteger aquela coisinha.

Duzentos milhões de células, mais ou menos. E mais tarde, cidades, máquinas, sinfonias.

Vozes

Eu ouvia vozes do universo. De um sistema estelar, depois de outro e de outro. Nos vastos mantos de tempo e espaço, a matéria inanimada estava quieta. Mas a matéria animada, a matéria com mente, falava comigo. Ou, para ser mais exato, as criaturas falavam com alguma coisa que acreditavam ser eu. Em alguns casos, falavam com algo que sabiam que eu não era. Afinal de contas, eu sou o que é e sou o que não é.

Santa Causa, obrigado por esta fartura. Obrigado pelo que deu a mim e aos meus filhos.

O que significa? Este céu, esta mão? Alguém sabe o que significa?

Deus o matará por ter arruinado minha vida. Está ouvindo, Deus?

Que beleza!

Não suporto mais a dor. Por favor, deixe-me morrer.

Maldito seja, Grande Criador, ou seja lá o que você for. Pedi chuva, mas você não manda. Você é impotente. É uma fraude.

Estou atrasado de novo. Queria que os dias fossem mais longos.

A morte é o fim? Não posso crer que seja o fim. Tudo isto. Como pode terminar?

"Umas vidinhas de nada", disse Belhor. "Não concorda? Mas também têm algo de grandioso. Não as vidas individuais. Os indivíduos são apenas alguns ínfimos pontinhos, um nada. Mas nas massas monstruosas, gelatinosas, nas multidões, nas comunas, nos planetas, há algo de grandioso. Eles têm pensamentos. E se empenham."

"Eles se empenham pelo que talvez possam conseguir", respondi. "E também se empenham pelo que não podem conseguir. A maioria anseia pela imortalidade. Querem viver para sempre, embora não saibam o que é *para sempre*."

Belhor e eu estávamos andando juntos pelo Vazio, só nós dois. Ele, como eu, podia ouvir as vozes. "Sim, é estranho que desejem a imortalidade", ele disse. "Pelo que sabem, a imortalidade poderia ser uma tortura interminável e uma dor excruciante."

"Mas o oposto eles entendem muito bem", falei. "Entendem a mortalidade."

"É verdade", disse Belhor. "Eles veem a morte e mortos por toda parte. Veem outros seres vivos envelhecerem, pais, entes queridos. Veem a pele tornar-se frágil e seca. Veem diminuir lentamente sua capacidade de se mover, sua audição e visão enfraquecerem, seus órgãos internos falharem um por um. Doença."

"Você sempre descreve as coisas de um jeito tenebroso", falei. "A morte é o caminho de toda matéria."

"É sua lei", respondeu Belhor. "É o que você quis."

"Admiro os sonhos de imortalidade desses seres. É nobre tentar imaginar o inacessível."

"Não sei se é nobreza. Eles não querem morrer. Talvez seja simplesmente isso. Muitos deles temem a morte."

"Sim, temem. É parte do sofrimento deles. Não queria que sofressem. Lamento que sofram."

"O sofrimento é inevitável em seres vivos", Belhor retrucou. "E em especial em criaturas dotadas de mente."

"Eu fiz o sofrimento."

"Você criou um universo com mentes. Sofrer é da natureza das mentes mortais, assim como morrer é da natureza da carne. Quanto maior a inteligência, maior a capacidade de sofrer. Mas não deve se culpar por esse sofrimento. Eles causam isso a si mesmos. Não é só o medo que têm da morte. Eles são impregnados pela cobiça. E desejam fazer mal a outros. E até, ironicamente, a si mesmos. Eles matam. Assassinam. Guerreiam. Roubam. Mentem. Nações inteiras apodrecem e definham."

Que eu me erga e devore meu pai morto, e serei inteiro e jubiloso.

Dá-me coragem e força para matar aquele que deseja matar-me.

Comei. Estamos reabastecidos.

Ah, que belo corpo. A curva dos meus ombros, os meus músculos. Sim. Sim. Obrigado, Deus, por fazer-me tão bonito.

Ela é tão jovem. Por favor, não deixe minha filha morrer.

Encontramos a prova do infinito. Aqui, olhe por esse pedaço brilhante de vidro.

O que eu posso fazer? É errado roubar. Sei que é errado, mas minha mãe me pediu. Não temos o que comer.

"Ouvi expressarem duas noções diferentes de imortalidade", disse Belhor. "Algumas das criaturas acreditam que existe um novo tipo de existência após a morte. Não é uma ideia racional, mas já reconhecemos as limitações do racional. Outras acreditam que a morte é o fim definitivo."

"O medo da morte nesse segundo caso eu não entendo."

"Talvez estejam tão apaixonados pela vida e por seus prazeres que não querem que ela termine."

"Tal sentimento traria uma imensa tristeza, suponho, mas não medo."

"Talvez temam o nada", disse Belhor.

"O que você acharia da morte, se fosse uma dessas criaturas?"

Belhor riu. "Mas não sou uma delas. Para mim, é impossível me imaginar no lugar dessas criaturas, assim como para elas é impossível se imaginar no meu. Ou no seu."

"Muitas parecem felizes", falei. "Contentes por estarem vivas e por estarem cientes de estar vivas. Vejo deleite no universo."

"Muitas são arrogantes e vaidosas", disse Belhor. "Por exemplo, o homem a admirar-se no espelho. Ele se acha superior porque possui um belo corpo."

"Não sei se ele realmente se sente superior. Se for sábio, perceberá que a beleza física não reflete o valor interior. A adoração da própria beleza sugere que ele não acredita que tenha mais nada que seja valioso."

"Mas a sabedoria dele é algo de valor. E, se for sábio, ele reconhecerá sua sabedoria."

"Então chegamos a uma contradição", respondi. "O homem não pode ser sábio."

"Nem por um momento pensei que essa criatura miserável

fosse sábia", disse Belhor. "Mas não é só que lhe falta sabedoria. Ele despreza quem é menos belo do que ele. E por isso merece ser açoitado e desfigurado."

"Você o julga com severidade."

"Ele próprio acarretou esse julgamento", disse Belhor. "Eu lhe daria apenas o que é apropriado. Ele e outros como ele desmerecem o que você fez. Zombam da sua criação. Mas, na verdade, eu não me incomodaria. Existem trilhões iguais a ele. Ele é um átomo. Não podemos passar nosso tempo envolvidos com átomos individuais."

"Entretanto, as vidas são vividas por seres individuais", repliquei. "Independentemente de quantos trilhões existam, uma vida é uma coisa individual. Cada vida é preciosa."

"Mas sem importância. Certamente para o todo. O caso da moça cuja mãe lhe pediu para roubar a fim de sustentar a família é mais interessante. Ela está em conflito."

"Estou preocupado com ela. Já sofreu muito com a morte do pai."

"Acha que ela teria uma justificativa se seguisse as instruções da mãe?"

"Que tal eu ver mais de perto?", falei.

"Excelente ideia. Podemos aprender com o caso dela. Vamos entrar no novo universo e observar."

"Eu entrarei. Mas você não deve."

"Já fiz isso", disse Belhor. "Muitas vezes."

"Quando? Não lhe dei permissão."

Belhor sorriu. Foi ficando cada vez mais fino até ser uma linha da espessura de uma navalha. A linha esticou, esticou e se estendeu através do espaço de vácuo do Vazio até penetrar na esfera pulsante que era Aalam-104729 e desaparecer.

"Estamos aqui agora", disse Belhor. Ele era hipnótico.

107

"Agora que estamos os dois aqui, trate de respeitar minha criação", falei.

"Certamente", disse Belhor.

"Pois bem. Vamos observar a moça, aprender com a vida dela. Desdobrarei a dobra do tempo, dissecarei o tempo de rotação das galáxias, e depois de novo e de novo, até durações de tempo cada vez menores, até tempos de vida individuais, até momentos."

"Sim. Você capturou uma lasca do tempo, uma fatia da vida dela."

"Num dado aglomerado de galáxias. Esta galáxia. Este sistema estelar, com três planetas. Este planeta, o planeta mais interno. Este domínio. Esta comuna. Este hábitat. Ali. Pode vê-la? É fim de tarde, pôr do sol. Ela olha pela janela. Dezoito anos, em anos locais. Vestindo um xale branco de bordas desfiadas, encostada numa parede de estuque. Há outra pessoa no cômodo, sua irmã mais nova, de cócoras no chão, jogando pedrinhas numa garrafa, uma por uma. Um ano atrás, o pai delas morreu num acidente."

De quando em quando, a moça olha ao redor no cômodo exíguo, como se fosse uma visita em sua própria casa, suspira, depois se volta e torna a olhar pela janela. Fita um pequeno pátio com pedras esféricas e, além, vielas tão estreitas que mal dão passagem para uma carroça, com ervas daninhas saindo das rachaduras das paredes de estuque de outras casas. Cheiro de comida estragada. O hábitat dela tem uma entrada de lajotas sujas, uma câmara central, dois pequenos espaços para dormir. No pandamino, sinos cantam na brisa que vem antes da chuva. Além dos sinos, está tudo quieto, tão quieto que a moça pode ouvir o arranhar de um inseto que rasteja no chão de calcário e outro murmúrio suave, que é o som do vento passando pelos bosques de samarino.

A moça está junto à janela faz algum tempo, remoendo pensamentos na penumbra surda, olhando os últimos raios da luz estelar escoarem pela colunata oeste e lançar longas sombras turquesa no chão e na parede dos fundos, sobre o mural pintado de uma tempestade no oceano. O crânio da moça começa a latejar. Se é angústia ou culpa, ela não sabe. Começa a massagear de leve as têmporas e geme alto quando outra onda de dor lhe irrompe na cabeça. A irmã ouve o gemido e se levanta num pulo. "Que foi?"

"Nada", diz a moça. "Tem carne no látrio. Já cozida. Coma."

"Onde você conseguiu?", a irmã pergunta espantada. Atravessa o aposento e começa a devorar pedaços de carne.

"Não importa", diz a moça. "Deixe um pouco para nossa mãe."

"Como você conseguiu?", pergunta a irmã.

A moça não responde. Vai até o outro lado do aposento e acende uma lâmpada de cobre, que produz um elipsoide de luz e a fragrância de óleo de casca de mílex. Ela volta para a janela. Lá fora, à luz mortiça, vê um homem andrajoso sair de uma das casas de telhado cônico, jogar ossos de peixe na viela e entrar de novo. Um tádrio sobrevoa a cisterna três vezes antes de pousar. Maus presságios por toda parte, ela pensa.

"Que está olhando?", pergunta a irmã.

"Nada", respondeu a mais velha. "Não estou olhando nada."

"Então por que fica à janela?"

"Não sei. Fiz uma coisa errada hoje."

"Mamãe vai castigar você. Mas não vou contar. O que fez? Foi muito ruim? Ela sabe o que você fez?"

"Ela me pediu para fazer." A moça continua a olhar para fora e aperta uma borda afiada do fecho da janela até a mão começar a sangrar.

"O que você fez de errado? Não precisa me dizer, se não quiser." A irmã limpa a boca. "Obrigada por trazer carne. Mamãe vai ficar contente. Ela disse que não sabia se algum dia poderíamos comer carne de novo." A menina olha para o chão de calcário, estremece e começa a chorar.

"Não chore", pede a moça. Ela abraça a irmã e lhe dá um beijo na testa.

"O que vai acontecer conosco?"

"Você não deve se preocupar com isso", responde a moça. "Vou conseguir mais comida."

"Mas e se não puder?", a irmã menor pergunta.

"Não deve se preocupar."

Imortalidade reconsiderada

Tio Deva e Tia Penélope não podiam ouvir as vozes. Mas contei a eles.

Coitada da moça, disse Tio Deva. É tão jovem. Há uma angústia imensa nela. E tristeza. Em tantas dessas criaturas. Titio deu um suspiro profundo. Agora conhecemos a tristeza. Ela entrou no universo, não entendo por onde, mas posso senti-la. Até agora eu não sabia o que era tristeza. Agora ela inunda casas e comunas. Infecta vidas como uma ferida que não fecha. Sinto tanto, tanto. E agora eu também estou triste, pela primeira vez na infinitude do tempo. Pobre moça, uma menina ainda, na verdade. Primeiro morreu seu pai, e agora isso. Que tipo de mãe pediria à filha para roubar?

A família precisava comer, falei. A mãe detestou pedir à filha para roubar, tanto quanto a filha detestou fazê-lo. O que vimos foi só um vislumbre.

Não podemos dar atenção demais a seres individuais no novo universo, disse Tia Penélope. Esse é o meu conselho. Devemos nos lembrar de onde estamos e de quem somos.

Às vezes, Penélope, você diz umas coisas tão... Eu gostaria que... Mas acho que tem razão. Essas criaturas não são da nossa essência. É isso que sempre venho dizendo.

Não, não é bem isso que você sempre vem dizendo, disse Tia P. — e, para frisar, ela arrancou um pedaço de nada e prendeu nos cabelos. Antes você estava falando sobre a matéria inanimada. E depois sobre as almas. Agora está misturando matéria animada e inanimada. São ou não são a mesma coisa? Como ficamos?

São a mesma coisa em alguns aspectos e não a mesma coisa em outros, disse Tio D. Estou tentando concordar com você.

Lá vamos nós, disse Tia P. O que você diz, Sobrinho? Você fez tudo. É sua produção.

Não vou mais ser arrastado para essas discussões, respondi. Vocês estavam mais felizes naquele sono interminável que todos dormíamos antes da criação do tempo? Quando todos andávamos ocupadíssimos com coisa nenhuma? Quando não havia nada para fazer? Era fácil, admito, mas é isso que vocês queriam? Eu, pelo menos, percebi que estava... *entediado*.

Titia olhou para longe, como fazia quando estava acuada.

Minha experiência me dizia que eu tinha de permitir que ela salvasse as aparências. Matéria animada e inanimada são feitas do mesmo material, falei. Mas existem óbvias diferenças.

É claro que existem óbvias diferenças, disse Tio D. Para começar, a matéria animada fala.

E evidentemente sente angústia e dor, disse Tia P. Meu caro marido, você não nos garantiu que não haveria dor no novo universo? O que houve com a sua predição cor-de-rosa?

Tio Deva magoou-se com o comentário e se calou. Ele não merecia esse tratamento. Você não deve falar assim, eu disse à minha tia. Por favor. Não pode criticar Titio por ser otimista. A responsabilidade pelo sofrimento em Aalam-104729 é minha. Eu fiz o universo.

Tia Penélope grunhiu e jogou os cabelos para trás. Não se culpe, Sobrinho. Nenhum de nós sabia o que iria acontecer. A coisa destrambelhou. Você fez um bom trabalho. Só que a coisa destrambelhou sozinha.

Olhamos para Aalam-104729. O universo tinha crescido e inchado tanto que o beliscão no meio quase desaparecera. Desde que surgira vida inteligente, a esfera vibrava com mais urgência, mais intensidade. No entanto, nenhum dos acontecimentos dramáticos lá dentro era visível no exterior. Por fora, ainda parecia uma esfera roliça, sedosa, rosada. Aos nossos olhos ela deslizava lentamente, hesitante, sempre um pouco separada dos outros universos que zuniam pelo Vazio.

Também não culpo seu tio, disse Tia P. Às vezes as coisas acontecem, simplesmente acontecem. Ela ensaiou um leve sorriso. Estou descorçoada, descorçoada. Desculpe, Deva. Então Tia P. fez uma coisa que eu raramente via: começou a chorar. Nenhum de nós queria o sofrimento, ela disse. Ele aconteceu. Ou aquele terrível Belhor fez acontecer.

Tio Deva abraçou Tia Penélope, e ela deixou. Calma, calma, ele disse. O novo universo não é só sofrimento e tristeza. Há muita felicidade na coisa. Não há, Sobrinho? Há alegria e música e animação.

Sim, falei. Todas essas coisas. É um belo universo.

Nós mudamos, disse Tia P. Sinto isso. Tudo agora está diferente. O Vazio está diferente. O que vai ser de nós?

Como assim?, indagou Tio Deva. Nós continuaremos, como sempre fizemos. Somos imortais.

Mas não me sinto imortal, disse Tia P. Essas pobres criaturas que você fez, Sobrinho, viverão e morrerão. Por que nós continuamos vivendo? É correto existirmos eternamente e elas não?

Penélope! O que está dizendo?, protestou Titio.

Não parece correto, disse Tia P. É correto que eles sintam

dor e nós não? Essas criaturas infelizes, e nós aqui, passeando pelo Vazio infinito, nós mesmos infinitos.

Tio Deva estava perplexo. Como eu, ele raramente vira minha tia em lágrimas. Penélope, mas você não disse um instante atrás que não podemos dar atenção a essas criaturas?

Não sei o que eu disse um instante atrás, falou Tia Penélope. Estou que é só confusão. O novo universo mudou tudo. Tudo.

Sim, falei. Por mais que queiramos, não podemos deixar de sentir pelas criaturas. Suas vidas... Eu... Eu não previ.

Você está mesmo descorçoada, disse Tio D. Não parece você mesma.

Não sei, disse Tia P. Simplesmente não sei. O sofrimento, a infelicidade. Não sei. Não é correto. O que aconteceu? Simplesmente não sei. Sofrimento. Infelicidade.

Devemos pensar na alegria, falei. Como disse Titio.

Mas... aquela pobre moça, disse Tia Penélope. Tantos... tanto... sofrimento. E nós...

Pare!, gritou Tio D. Não pode agir desse modo. E chega de chororô.

Tia P. fungou, estremeceu e se levantou. De pé, era uma figura imponente. Não venha me dizer como agir, ela disse. E não dê uma de superior. Agora, vá buscar minha poltrona.

Certamente, querida!, respondeu Titio, sorrindo. Agora parece você mesma. Minha boa velha.

Como diamantes

"Agora que começamos", disse Belhor, "deveríamos ver o que aconteceu com a moça. Ela está lutando para se endireitar como uma tartaruga de costas. Creio que você não irá intervir, não é?"

"Não é fácil ver a angústia dela", respondi.

"Deve permitir que ela faça suas próprias escolhas", disse Belhor. "Ou, pelo menos, deixar que as coisas sigam seu curso. Você já pôs tudo em movimento."

"Eu não tinha a intenção que essa mulher e sua família sofressem", falei. "Aquilo que você falou, que todo sofrimento tem sua justificativa, claramente nem sempre é verdade. Essa moça nada fez para merecer isso."

"Mas ela decidiu roubar", disse Belhor. "Poderia ter tomado outra decisão."

"Você sabe tanto quanto eu que haveria sofrimento com qualquer das escolhas."

"Ah, mas as escolhas são diferentes e os sofrimentos também são. Ela poderia ter se recusado a roubar. Há outros modos de conseguir comida para a família. Poderia ter mendigado, como sua mãe. Jovem e bonita como é, daria uma mendiga muito bem-sucedida. Em vez disso, escolheu roubar. Tomou uma decisão. Não só roubou, mas roubou de seus vizinhos, que a conheciam e confiavam nela. Traiu a confiança deles."

"Ela não tinha como saber se conseguiria ou não a comida mendigando. Essa estimativa é *sua*, Belhor, não dela."

"E por que ela chora?", pergunta Belhor. "Esse choro não é produto de estimativa. É um fato. Creio que chora por egoísmo. Ela se arrependeu de sua decisão e sabe que isso não lhe sairá da cabeça. Chora de culpa e pelo sofrimento antevisto. Chora por si mesma."

"Concordo apenas em parte", falei. "Para mim, o choro mostra que ela está ligada à vida que a cerca, à irmã mais nova, à mãe e aos vizinhos. Sente por eles tanto quanto por si. Ela é parte do mundo, sacudida como uma folha golpeada pela chuva."

Belhor e eu tínhamos entrado novamente no universo, e agora observávamos a moça. Ela caminhava por uma trilha juncada de pedras que passava por entre as casas de sua comuna, a cabeça oculta num xale, como se não quisesse ser vista. A manhã começava, e as paredes de estuque rachadas fulguravam ao sol. O cheiro de seu suor misturava-se aos odores de carne ao fogo e fumaça. Eu poderia confortá-la? Ela estava tão perto. Observei-a, passo após passo. Eu poderia ajudá-la? Não, ela era uma entre muitos. Eu não podia me envolver. Não podia. Mas lá estava ela, tão frágil, atormentada. Eu poderia ajudá-la? Agora? Como é que eu podia ver sem ajudar?

"Acho que você está com pena dessa moça que roubou comida dos vizinhos", disse Belhor. "E os vizinhos? Por que não sente pena deles?"

"Sinto pena deles também. Eu podia ter interferido. Teria impedido que tudo isso acontecesse."

"E teria intervindo também nos trilhões e trilhões de outros casos?", disse Belhor. "Depois de decidir quais mereciam sua intervenção? E, supondo que fizesse isso, com boas intenções, naturalmente, mas às vezes piorasse as coisas? E então?"

"Pare de me azucrinar, Belhor. Já disse que não intervirei."

"E eu sou grato por essa declaração. Aliás, é a sua não intervenção que torna esses casos interessantes. Esses casos têm certo... desalinho. Porém, mais do que isso, afirmo que suas criaturas inteligentes precisam ser capazes de tomar decisões por conta própria, sem intervenção, a fim de saberem quem são. Se escolherem fazer o bem, então saberão alguma coisa sobre si mesmas; e, se escolherem fazer o mal, também saberão alguma coisa sobre si mesmas. Do contrário, serão como as pedras, serão matéria inanimada. As criaturas seriam ainda mais interessantes se tivessem alguma importância. Todas vidinhas, vidinhas de nada. Ainda assim, com o agregado podemos aprender alguma coisa. E me divirto vendo como vivem — suas cidades, seus hábitats e aposentos, suas vielazinhas sórdidas atulhadas de lixo. Reparou nas poças de água suja na viela defronte à casa da moça?"

"Sim", respondi. Uma película de pólen descera pelos ares e cobrira as superfícies. As poças de água fracionavam a luz solar e cintilavam em cores. Como respingos de diamantes.

Atrofiamento das mãos

Faz agora aproximadamente $1,576 \times 10^{33}$ tique-taques dos relógios de hidrogênio que criei o universo. Embora eu seja o Criador, aprendi muito com o que criei. Uma coisa que aprendi: a mente é seu próprio lugar. Não importam as condições naturais e as circunstâncias, nem mesmo os imperativos biológicos: a mente pode arquitetar sua realidade. A mente pode fazer quente do frio e frio do quente, beleza da feiura e feiura da beleza. A mente cria suas próprias regras.

Considere o caso do planeta que Titio chamou de Akeba. Ele orbita a menor de duas estrelas num sistema estelar duplo. No decorrer de eras de evolução, a triunfante civilização desse planeta forjou um impressionante desequilíbrio entre seus dois gêneros. As fêmeas são consideradas inferiores aos machos. Não só inferiores, mas completamente dependentes. Para assegurar que as mulheres se tornem impotentes, na infância as mãos de todas as fêmeas são inutilizadas pelo corte de certos nervos. Após anos de efetiva paralisia, as mãos estão atrofiadas, são meros tocos de carne retorcida. As fêmeas dessa sociedade não podem pegar objetos, não podem fazer trabalhos manuais nem operar máquinas, não podem sequer se alimentar. Assim, cada fêmea é totalmente dependente de machos — ou seja, de criaturas com mãos funcionais — para cuidar dela. A vida toda ela precisa ser alimentada por machos, precisa viver nos hábitats construídos por machos, precisa ser vestida e cuidada por machos. Precisa ligar-se a um macho e segui-lo o dia inteiro. Os bebês fêmeas desse mundo continuam a nascer com mãos normais, pois milhões de anos de evolução determinaram o benefício desses apêndices para a sobrevivência, mas as tradições culturais dessa sociedade contrariam o natural e o combatem. Bem cedo na vida, os nervos são cortados com uma faca de ritual. As secreções da planta Istrex impedem a dor.

Poderíamos desconsiderar tal comportamento se ele ocorresse numa sociedade de pouca inteligência, como as de insetos. Mas os habitantes dessa sociedade em Akeba são mentalmente avançados e evoluídos em todos os outros aspectos. Eles (os machos) constroem cidades engenhosamente projetadas. Criaram máquinas voadoras e dispositivos eletromagnéticos de comunicação. Celebram seus pintores, músicos, escritores e filósofos. No entanto, aceitam sem questionar sua tradição cultural de atrofiar as mãos. Os machos consideram um dever e um prazer cuidar das fêmeas desamparadas, deslembrados do fato de que eles próprios, os machos, produziram as condições para a necessidade de cuidar delas.

O aspecto mais insólito dessa tradição do atrofiamento das mãos é que as fêmeas aceitam-na sem protestar. Não que elas sejam estúpidas. Elas são tão inteligentes quanto os machos. Mas depois de muitas gerações com esse costume, elas, tanto quanto os machos, consideram-no um imperativo. As mães assistem e aprovam quando a faca ritual é enterrada na carne de suas filhinhas e corta os nervos críticos. Para as mães, essa prática é tão natural quanto a chuva. Nas raras ocasiões em que uma mulher reclama do costume, ela é rejeitada pela comunidade, dão lhe um macho obtuso para ser seu cuidador, e ela passa o resto da vida em solidão e desespero. A imensa maioria das fêmeas não só aceita o atrofiamento das mãos, mas louva o costume, parece satisfeita e até feliz em renunciar totalmente à sua independência e render-se aos machos. O papel delas na vida é ser cuidadas, fazer os machos sentirem-se poderosos, além de acasalar com eles para reprodução e prazer. Elas aceitam isso de bom grado.

Apesar de ter prometido a Belhor que não interviria nos acontecimentos das formas de vida em Aalam-104729, fui tentado a dar fim ao costume de atrofiar as mãos em Akeba. Será que as fêmeas não imaginam o que poderiam fazer com as mãos com que nasceram? Não sentem repulsa por ser tratadas como animais de estimação impotentes, sendo tão inteligentes quanto seus guardiões? Não veem que a dignidade lhes foi tirada?

Mas hesito em intervir. Porque não posso prever o que decorreria da minha intervenção. Talvez sem sua imemorial tradição do atrofiamento das mãos essa sociedade se desintegre lentamente. Talvez as criaturas de Akeba estejam tão adaptadas à ideia de que os machos são superiores, de que as fêmeas devem ser totalmente dependentes deles, que não consigam viver de nenhum outro modo. Talvez não sejam capazes de imaginar uma vida na qual as fêmeas são iguais aos machos. A mente deles criou essa realidade. Se tanto os machos quanto as fêmeas estão satisfeitos — até felizes — com seus papéis, não seria melhor permitir que a sociedade continue por si, sem ser perturbada, satisfeita com suas ilusões?

Se eu resolver intervir, gostaria de fazer um experimento. Eu queria criar um planeta no qual o costume é exatamente o inverso: seriam os machos que teriam suas mãos atrofiadas. Depois de muitas gerações de duração dessa contratradição, eu gostaria de reunir as criaturas das duas sociedades, a das fêmeas impotentes e a dos machos impotentes, e ver o que acontece. Cada sociedade, suponho, ficaria chocada em ver uma realidade tão diferente e, por fim, se daria conta de suas maquinações. Entretanto, mesmo com tal conhecimento, cada sociedade poderia preferir suas ilusões. A mente é seu próprio lugar.

Religião

Vocês dois queriam que as criaturas no novo universo tivessem alguma noção sobre mim, falei. Vim dizer a vocês...

Pensei que já tivesse providenciado isso, disse Tia Penélope, ajeitando os cabelos. Ultimamente ela vinha experimentando novos penteados, e nesse momento estava colocando uma ornamentada presilha feita com o nada. Deva, ela gritou, você já não tinha resolvido isso com o Sobrinho? A alma? A ligação com Ele?

Acho que ele não fez muita coisa nesse setor, disse Deva. Eu não...

Pensei que todos nós já tivéssemos resolvido isso, disse Tia P. A gente pensa que uma coisa está resolvida. E então descobre que não está. Se não é de um jeito, é de outro. A gente pensa uma coisa e descobre que é outra. Primeiro é uma coisa, depois é outra.

Está resmungando, querida, disse Tio D.

E então, Sobrinho, o que diz?, perguntou Tia P. Cuidou disso ou não? As criaturas sabem que você é o Criador?

Sim e não, falei.

Lá vamos nós, disse Tia P. Quer saber? Vocês dois não têm jeito. Não têm jeito mesmo.

As criaturas criaram suas próprias ideias sobre mim, falei. Elas têm *religiões*.

Como assim, Sobrinho? Você as esclareceu? Apareceu para elas?

Aparecer?, indaguei. Aparecer pessoalmente?! Seria demais para elas. E um exibicionismo. Eu nunca poderia fazer uma aparição pessoal.

Então as criaturas têm *ideias*, sem saber coisa alguma com certeza sobre você?

Têm uma porção de ideias diferentes, respondi. Querem acreditar em algo grande, dar sentido à vida delas. Querem algum propósito grandioso no universo. Admiro-as por isso.

Entendo perfeitamente, disse Tio Deva. São criaturas inteligentes, Penélope. Elas pensam. Querem sentido.

Querem o que *nós* temos, ponderou Tia P. Querem a imortalidade.

Naturalmente que querem, respondeu Titio. Mas, como sabem que não podem tê-la, querem *alguma coisa* de ser imortal. Elas vêm e vão muito depressa. Querem algo duradouro.

Mas não sabem do que estão falando, disse Tia P. Apenas fazem suposições. Pensei que você iria cuidar disso, Sobrinho. Pensei que iria deixar que soubessem quem você é, quem você *realmente* é. Seja o que for que elas estejam imaginando, não pode ser o que você realmente é. Não pode ser o infinito. Não pode ser o Vazio.

Pelas minhas observações, argumentei, acho que elas não seriam capazes de entender o Vazio. Não têm como entendê-lo. Mas eu as visitei. Elas fizeram belas construções para me cultuar e celebrar sua crença em algo eterno. Vi as criaturas congregar-se nesses lugares, entoando e orando enquanto ondas de luz cor de lavanda e magenta se derramam por janelas arqueadas ou se filtram por aberturas nos tetos abobadados. Elas fazem oferendas. Cantam. Privam-se de confortos para viver de acordo com suas crenças. Ensinam aos filhos suas histórias sobre o princípio do universo.

Não precisa dizer mais nada, disse minha tia. Eu sei quem você é. Pensei que você tinha cuidado disso, mas pelo que vejo... Então vai deixar que continuem supondo.

Supor não é tão ruim, respondi. Elas sentem um mistério nisso tudo. Acho que um pouco de mistério faz bem. O mistério dá-lhes vontade de saber. Inspira-as.

Às vezes, Sobrinho, você é um caso perdido, disse Tia P. Pois bem, você vai fazer e acabou-se. Que seja. Elas terão suas religiões.

Sobre um pequeno planeta

Não contei aos meus tios sobre todas as minhas visitas a Aalam-104729. Nem sobre as muitas coisas que vi. Uma vez, eu pairava invisível sobre uma cidade que se arqueava por sobre um monte. O planeta era um de uma dúzia que orbitava uma estrela comum, o menor planeta do sistema. Era um mundo sossegado. Os oceanos e os ventos quase não produziam som. As pessoas conversavam em sussurros. Flutuei sobre a cidade e olhei lá embaixo suas ruas e habitantes. As arestas das construções enferrujavam no ar, rolos de vapor subiam dos canais subterrâneos. No vaivém das multidões de criaturas, que é comum nas cidades, avistei dois homens que passaram um pelo outro numa calçada apinhada. Não se conheciam. Nos 8 milhões de seres que viviam na cidade, aqueles dois nunca haviam se encontrado, o acaso nunca os juntara num mesmo lugar num mesmo momento. Uma ocorrência comuníssima numa cidade de milhões. E quando esses dois estranhos passaram um pelo outro, cumprimentaram-se, apenas uma saudação simples. Um comentário sobre o sol no céu. Um deles disse alguma outra coisa ao outro, trocaram sorrisos, e o momento então passou. Que evento extraordinário! Ninguém além de mim notou. Que evento extraordinário! Dois homens que nunca tinham se visto e que provavelmente nunca mais se veriam. Mas que sinceridade e afabilidade, compartilharem um instante numa vida fugaz! Era quase como se um segredo houvesse passado entre os dois. Seria isso alguma espécie de amor? Quis segui-los, tocá-los, falar-lhes sobre minha felicidade. Quis sussurrar para eles: "É isso, é isso!".

Para nossa diversão

Era tanta coisa nova. Tanta coisa deleitante. E perturbadora. Perguntei a Belhor: "Diga-me, em sua opinião, qual é o sentido dessas criaturas? Que sentido você vê na vida delas?".

Belhor riu. "Que sentido poderiam ter? Elas me divertem. Esse é o sentido delas. Mas se têm algum sentido por si mesmas? Isso seria dar a essas coisinhas muito mais crédito do que merecem. Como é que a vida delas pode ter algum sentido se são mortais e não sabem nada sobre o infinito? A vida delas só tem sentido porque nos entretém no Vazio, só porque aumenta nosso conhecimento do que é possível e do que não é. Mas sentido, afora isso? Não. Que outro sentido poderia ter?"

"Não estou falando necessariamente de algum sentido grandioso", eu disse, "mas de um sentido individual. Não concorda que cada vida tem seu próprio sentido, ou pelo menos um sentido como ele é entendido por essa criatura específica? Cada criatura não poderia encontrar algum sentido para a própria vida?"

"Que diferença isso faz?", disse Belhor, e fitou com ar de enfado as esferas giratórias em voos pelo Vazio. De vez em quando, ele apanhava alguma que passava, apertava-a com força e depois soltava. "Há tantos trilhões de 'indivíduos', como você os chama. Eles vêm e vão. Como uma vida individual mortal poderia ter qualquer sentido? E mesmo que o indivíduo, a ínfima formiga, *pense* que sua vida tem um sentido, é só uma ilusão. É apenas uma sensação, um excesso de corrente elétrica no seu cérebro minúsculo. Que importância isso poderia ter para nós?"

"Mas com certeza tem importância *para elas*", respondi. "Cada uma procura tão desesperadamente encontrar um sentido! De certa forma, não importa qual sentido específico cada uma delas encontra. Contanto que seja *alguma coisa* que dê coerência e harmonia à confusão da existência. Poderia talvez ser tão simples quanto descobrir suas próprias capacidades e prosperar com essa descoberta. E ainda que sejam mortais, elas são parte das coisas. São partes de coisas maiores do que seu universo, saibam elas ou não. Não concorda?"

"Com todo o respeito", disse Belhor, "às vezes não consigo entender você. Por que se ocupa com pensamentos desse tipo? Como pode aventar que essas ínfimas formigas têm alguma importância? Deixe que tenham seus sentidos. Deixe que tenham centenas de sentidos. Se quiserem, podem acreditar que o cosmo é um peixe gigantesco nadando na boca de um peixe maior. Que diferença faz?"

O tempo de novo

O tempo, sempre mágico. Agora considero o tempo minha mais estranha invenção. Ora lento, como o escorrer da seiva na árvore. Ora rápido, como o adejar de um passarinho. Parto em breves expedições pelo Vazio, e quando retorno já se passaram eras no novo universo. Civilizações florescem e decaem durante uma única conversa com meu tio ou minha tia. Ou testemunho um evento no novo universo, separo-o em trechos de duração cada vez menor, até que lascas de tempo sejam consumidas com um aceno de mão, uma inspiração, o primeiro impulso de um nervo, a célere passagem de uma molécula. De eras a momentos a eras.

O tempo dá existência aos eventos, ou os eventos dão existência ao tempo?

Não que o tempo não seja exato. É possível mapear os eventos com precisão em tique-taques dos relógios de hidrogênio. Atribuir a cada evento um número, uma posição exata no longo filamento do tempo. No entanto, o que se sabe por fim? Titio estava certo. Sabemos pouco. Não sabemos a causa dos eventos.

Não sabemos como os eventos se entrelaçam para produzir novos eventos. Não sabemos como vidas vividas se deitam umas sobre as outras e formam um padrão vertical de ação e mudança, ou talvez uma longa época de inação e vazio. Não sabemos, pelos rótulos temporais atribuídos a uma vida, que eventos trouxeram alegria, ou tristeza, ou júbilo, ou desapontamento. Ou simplesmente tédio.

Mas os movimentos de elétrons em átomos de hidrogênio, a emissão de fótons com vibrações sincronizadas também não sabem essas coisas. Marcam tique-taque após tique-taque, numa interminável escada de tempo, mas não sabem nada. De movimentos das geleiras, de batidas do coração, de ganhos e perdas, de pensamentos individuais, não sabem nada. Muito menos entendem.

Nem eu, que tenho poder infinito. A sequência sem fim de eventos, cada qual meticulosamente rotulado no tempo, não explica inevitavelmente. Há coisas que desafiam a explicação: irracionalidades, estranhas justaposições no tempo. Por exemplo: ainda não entendo a vida da moça que roubou comida para sua família. Tenho o registro completo de cada uma de suas ações e pensamentos. Mas ainda não entendo a interação dos movimentos, as razões de cada evento, os que foram acidentais e os que não foram. Ainda não entendo qual das suas decisões possíveis teria sido a *melhor*. Isso requer o futuro, mas o futuro não existe. Ela deveria ter desobedecido à mãe, corrido o risco de a família morrer de fome para honrar um princípio de comportamento *correto*? Ou deveria ter feito como fez, traído seus princípios e crenças para seguir outro princípio, o da lealdade à mãe? A decisão, seja qual for, quase certamente a perseguirá para sempre. Nem tudo é lógico. Talvez nem tudo seja compreensível. Afinal, o que constitui o entendimento? Pode-se dizer que tal evento veio antes de outro no tempo. Pode-se dizer que um sistema tinha certa disposição, que era uma consequência necessária de uma disposição anterior. Esse conhecimento traz entendimento? Se fosse possível reembaralhar os eventos no tempo, permutar futuro e passado, de modo que sempre pudéssemos saber as consequências das ações antes que elas ocorressem, será que então entenderíamos? Os eventos — e o tempo que os cria ou é criado por eles — não podem ser contidos. Os eventos extravasam, escorregam e derrotam as tentativas de explicá-los. Mesmo as do poder e força infinitos. Isso eu aprendi com o novo universo.

Assim, por um tempo indefinido, não quero nem saber de pensar sobre o tempo. Seja antes ou depois de alguma coisa — ou talvez as duas alternativas —, temporariamente não quero nem saber. O Vazio e o novo universo, antes distintos com tanta nitidez, agora são parte da mesma tessitura do tempo. Eras e momentos. Mortalidade e imortalidade. O que vive e morre, o que vive eternamente. Não é tudo ligado agora? Existência e inexistência? Agora é tudo ligado. Eu sou tudo o que é e tudo o que não é.

É justo dizer que a tristeza que Tio Deva, Tia Penélope e eu sentimos com o sofrimento da vida no novo universo foi mais do que compensado pela evidente alegria de algumas criaturas. Durante nossas muitas visitas a Aalam-104729, testemunhamos a felicidade em celebrações de nascimentos, de casamentos e uniões, de eventos naturais como eclipses, solstícios, luminescência atmosférica, transferências simbióticas e até celebrações de mortes. Os dois estranhos que se cruzaram numa rua da cidade arqueada. Apesar de suas breves vidas, muitas criaturas parecem felizes por acordar toda manhã, felizes simplesmente por respirar e falar.

É na música que mais se evidencia a alegria de existir. De um sistema estelar a outro, formas de vida inteligentes criaram uma profusão de sons que expressam seu júbilo por estarem vivas. Há valsas e scherzos, apalas e tchalguias, sinfonias, madrigais, fambéis, sonatas e fugas, *bhajans* e *dhrupads*, *tnagrs* e *falladias*. A música dança, desliza, mergulha. Não que toda ela seja melódica ou suave. Mas até a dissonante e a chocante contêm um arrebatamento, um êxtase, uma acolhida da existência.

Já faz algum tempo que admiro muitas das melodias inventadas em Aalam-104729 e me pego cantando-as em minhas idas e vindas pelo Vazio. E o mesmo fazem Tio Deva e Tia Penélope. Continuamos a cantar nossas músicas favoritas por trilhões de tique-taques atômicos depois que o compositor morreu, depois que a civilização do compositor desapareceu, às vezes até depois que a estrela central do compositor se incinerou e virou uma brasa morta flutuando no espaço.

Antes desse avanço musical, era comum cada um de nós vaguear sozinho pelo Vazio, seguindo um caminho de vaziez após outro durante nossas excursões ou simplesmente procurando um lugar solitário para matutar, ocultos uns dos outros por vastas quantidades de nada, como seres em ilhas separadas pelo oceano. Longe dos olhos, longe dos ouvidos, longe da mente. Precisávamos de privacidade. Agora, porém, não parto mais nessas jornadas contemplativas, satisfeito por estar sozinho com meus pensamentos, quando ouço Titio ou Titia em algum outro lugar, cantarolando alto uma melodia ouvida no novo universo. Quer fazer o favor de cantar só para si?!, grita Tia P. na direção do Tio D. Eu estava fazendo um passeio agradável pelo Vazio até você começar. Olhe só quem fala!, berra meu tio de uma enorme distância. Há eras que escuto essa sua música desagradável e não consigo ouvir nem meus pensamentos. Ora, ora!, grita Tia P. Afinal, você está pensando ou cantando?

Quando meus tios ficam suficientemente irritados um com o outro, põem-se a cantarolar em alto volume as piores músicas do universo, cuidadosamente selecionadas de galáxia em galáxia e de época em época.

Sua voz lembra a barriga escamosa de um peixe limpa-fundo, grita Tio D. para Tia P.

E você lembra um monte de esterco animal em decomposição, retruca Titia.

Ha, ha, ha!, grita Titio, afetando uma risada. Você sabe a diferença entre sons e cheiros tanto quanto uma pedra sabe subir na árvore.

Tolo, tolo, tolo, grita Tia Penélope. Casei com um sujeito que tem um pôr do sol âmbar no lugar da mente.

Todos nós passamos a usar metáforas tiradas do novo universo. Antes, só tínhamos o Vazio. E não são muitas as coisas que podem ser comparadas com o nada.

Um vestido para Tia Penélope

E há outras coisas que nós, do Vazio, também pegamos do novo universo. Aniversários, por exemplo. Achávamos uma delícia os aniversários. Tia P. e Tio D. começaram a planejar festas de aniversário para si mesmos, embora fosse problemático escolher uma data e um intervalo de tempo entre cada uma. Depois de voltarmos de uma das nossas excursões pelo novo universo, Tia P. declarou subitamente que daria uma festa de aniversário após seu próximo sono e que esperava presentes. E não quero nenhum presente do Vazio, feito de nada, ela gracejou. Já tenho muito de nada. Quero alguma coisa *material*. Vocês me entenderam?

Uma festa de aniversário é uma esplêndida ideia, disse Tio D. Mas os presentes, não sei se...

Não quero saber, disse Tia Penélope. Vou agora para o meu sono de beleza. Quando acordar, quero presentes. Uma porção. Vocês têm um universo inteiro cheio de *coisas* para escolher. E quero algo cor-de-rosa. Dito isso, Tia Penélope bocejou e se recolheu.

Esposa difícil, Tio Deva cochichou para mim, exasperado. Mas fazer o quê?

134

Assim, Titio e eu entramos no universo, encontramos uma galáxia recém-formada, cheia de estrelas cor-de-rosa, e a trouxemos para o Vazio. No Vazio, a matéria quase não tinha peso. Cintilava, fulgurava. Quase se podia ver através dela. Com algumas dobras e pregas, fizemos um lindo vestido para Tia Penélope, como ela sempre quisera. Titio chamou o vestido de Kalyana. Não disse nada sobre a incompatibilidade das essências, pois tinha em mente algumas coisas materiais que ele queria para o aniversário *dele*. Que, por sinal, ele me informou, seria logo, logo.

Nossa!, exclamou Tia P. quando acordou e viu o vestido deitado sobre um afloramento do Vazio. É lindo! Não deviam ter se incomodado. Imediatamente, ela o vestiu. Observou-se por alguns momentos. Virou-se para cá e para lá, exclamou de novo, começou a cantar e dançar. Embora houvesse muitas estrelas cor-de-rosa, havia também azuis, amarelas e verdes. Era um vestido de muitas cores. Ao usá-lo, Tia Penélope era a coisa mais bonita no Vazio. Cada vez que ela rodopiava, algumas estrelas soltavam-se e começavam a se afastar, e Tio Deva ia no seu passinho atrás delas, para grudá-las de novo.

Tia Penélope não tirou o vestido durante eras, nem para dormir. Ele durou 10^{33} tique-taques atômicos. Depois disso, a maioria das estrelas havia explodido ou se apagado, e a roupa perdeu a cor e a forma.

Belhor & cia. vão à ópera

Tio Deva, Tia Penélope e eu não éramos os únicos a fazer excursões no novo universo. Por algum tempo, Belhor e seus dois assistentes vinham fazendo o mesmo, sem minha autorização. E, embora Belhor me suplicasse para não intervir no rumo dos eventos dos mortais, ele próprio se intrometera algumas vezes.

Na primeira visita que fez a Aalam-104729, Belhor aterrissou num teatro lírico, em um planeta quase totalmente coberto de água. A vida inteligente havia construído grandes cidades flutuantes, e o teatro situava-se numa delas. Belhor e os dois Bafomés materializaram-se no meio da apresentação, no escuro, e subitamente ocuparam três lugares vagos na primeira fila central. Para não chamar a atenção, os três visitantes haviam assumido a forma dos habitantes locais. Belhor, alto e elegante, usava smoking cor de carvão com abas, camisa branca engomada com abotoaduras de platina, gravata-borboleta preta e sapatos pretos lustrosos. Bafomé Maior vestia um paletó esporte castanho tão justo que o único botão na cintura pulou longe, camisa verde amarrotada, gravata de bolinhas e sandálias. Bafomé Menor estava de pijama e chinelos, mas se dera o trabalho de pôr uma gravata, que pendia torta do seu pescoço grosso.

"A meio-soprano está desafinada", disse Bafomé Maior depois de alguns minutos. "E acho ela feia." O bicho folheou ruidosamente o programa até encontrar a biografia da cantora. "Não, ela não serve."

"Nós achamos ela muito feia", disse Bafomé Menor, que também virou as páginas do programa.

"Silêncio", disse a espectadora sentada logo atrás deles. A mulher usava vestido longo de tafetá, tinha joias nos cabelos e exalava um cheiro artificial.

Bafomé Maior virou-se na cadeira e abriu seu sorrisão para a mulher.

"Decerto, minha senhora, não está falando comigo", o bicho disse alto, rolando um olho em sentido horário e o outro em sentido anti-horário. A mulher engasgou, levantou-se num pulo e disparou pelo corredor.

"Comportem-se", cochichou Belhor. "Estamos num lugar público. Viemos para observar."

"Mas a meio-soprano tem uma voz horrorosa", reclamou Bafomé Maior. "Devíamos falar com o gerente e pedir nosso dinheiro de volta."

"Devíamos exigir um reembolso total", concordou Bafomé Menor.

"Quieto", disse Bafomé Maior.

"Quietos vocês dois", sussurrou Belhor.

Quase imperceptivelmente, o teatro subia e descia, como faziam todas as construções da cidade flutuante, e os lustres no teto balançavam de leve.

"Estou irritado com aquela meio-soprano ali", disse Bafomé Maior. De repente, a mulher, que naquele momento cantava de braços abertos uma ária arrebatadora, percebeu que o broche que segurava seu vestido se abrira. O vestido escorregou até a cintura.

Por alguns momentos, a plateia ficou muito quieta. Então alguém no segundo balcão gritou um comentário obsceno, outro começou a aplaudir, e a cantora saiu correndo do palco.

"Bafomé!", censurou Belhor. "Você me decepciona."

"Mas ela tinha uma voz insuportável", disse Bafomé Maior.

Uma moça apareceu no palco e anunciou com desculpas que haveria um breve intervalo. As luzes se acenderam.

"Espero que tenham alguma coisa boa para comer", disse Bafomé Maior.

"Estou faminto", disse Bafomé Menor.

Um cavalheiro de terno cinza foi até Belhor e tocou-lhe no ombro. "O administrador gostaria de falar com o senhor", disse o cavalheiro. "Queira me acompanhar até a sala da administração."

"E eu gostaria de falar com o administrador", disse Bafomé Maior. "Queremos a devolução do dinheiro. A meio-soprano é um horror."

"Qual é o problema?", Belhor perguntou calmamente ao cavalheiro.

"Por favor, venha comigo", disse o homem. Encarou Bafomé Menor, agora bem à vista, de pijama. "E traga seus amigos."

Os três visitantes acompanharam o cavalheiro de terno cinza pelo corredor através da multidão de espectadores até uma porta no extremo do saguão, subiram uma escada e entraram no escritório da administração nos fundos do mezanino. A sala era ricamente adornada com acessórios de platina, tapetes artesanais e mobília de cristal e vidro. Fotografias do administrador posando ao lado de vários dignitários cobriam as paredes.

O administrador era um homem de meia-idade de rosto macio e flácido como um pedaço de fruta um pouco passada, bigode caído e luminosas joias verdes nas duas mãos. Por um momento, seu olhar parou nos dois Bafomés, um de cada vez. Depois ele se dirigiu a Belhor. "Posso ver os canhotos dos seus ingressos?" Belhor mostrou três canhotos. O administrador examinou-os, tornou a examinar, como se alguma coisa não estivesse muito certa. "Preciso pedir-lhes que não falem durante a apresentação", disse o administrador. "Os senhores incomodaram os outros espectadores."

"Certamente", disse Belhor. "Queira nos desculpar. Ficamos... estimulados pelo espetáculo."

"Nunca os vi por aqui. É a primeira vez de vocês?"

"Também nunca vi *você* antes", respondeu Belhor. "Há quanto tempo é administrador deste teatro?"

"Se fossem frequentadores assíduos", disse o homem com um leve sorriso de superioridade, "saberiam a resposta." Ele olhou novamente para Bafomé Menor e não pôde esconder seu desdém. "Pode me dizer seu nome?", disse ao bicho.

"Pode me dizer o *seu* nome, meu caro?", disse Bafomé Maior. "Você parece estar bem de vida."

"Muito bem mesmo", disse Bafomé Menor, arregalando os olhos para os móveis de vidro.

"Seu traje não é apropriado", disse o administrador. "Nossos recepcionistas não deviam tê-lo deixado entrar no teatro." Bafomé Menor começou a derramar lágrimas de crocodilo. "Esta é uma das mais prestigiosas salas de espetáculo da cidade", continuou o administrador. "Nossos clientes esperam *requinte*. Merecem requinte. A realeza frequenta nosso teatro. Convidados importantes vêm ao nosso teatro. Estão zombando de nós?" Bafomé Maior abraçou Bafomé Menor, fingindo que o consolava. "Seus amigos deveriam ter mais respeito", disse o administrador a Belhor.

"Você está nos insultando", disse Bafomé Maior. "Não gosto de ser insultado."

"Não, não gostamos nem um pouco", fungou Bafomé Menor.

O administrador sorriu. "Vocês fingem ser o que não são", ele disse. "Depois zombam do que não podem ter."

"Caramba, você tem razão", disse Bafomé Menor com um sorrisão, e deu uma magnífica cambalhota para trás. "Você nos desmascarou."

"Quero os três fora do meu teatro", disse o administrador. "Agora. E não saiam pela porta principal. O sr. Thadr os acompanhará até a porta dos fundos."

"Tratou meus amigos com descortesia", disse Belhor. "Não me agrada o modo como agiu."

O administrador riu. "Leve-os para rua", disse ao sr. Thadr. "E traga um purificador de ar."

Uma mulher irrompeu ofegante na sala do administrador. Parecia assustada. "Estou… desculpe interromper, sr. Lzher. Não sei… Não sei o que aconteceu. Eu estava com o dinheiro no caixa, e ele simplesmente… desapareceu. Estava lá e, de repente, não estava mais. Todo o dinheiro dos ingressos desta noite. Estava lá… e de repente… sumiu. Eu… não sei o que aconteceu."

"Que pena!", disse Bafomé Maior. "Aceite nossas sinceras condolências."

"Nossas mais sinceras condolências", disse Bafomé Menor.

"Vamos nos retirar agora", disse Belhor. "Por favor, sr. Thadr."

Na confusão que se seguiu, com recepcionistas e caixas correndo para todo lado, o administrador mal ouviu o aviso agoniado de que um cano acabara de estourar e o saguão estava inundado.

Planeta de mentes

Ao longo das eras, as civilizações em Aalam-104729 elevavam-se a grandes alturas antes de inevitavelmente declinar e ser substituídas por novas civilizações. Eu me surpreendia continuamente vendo as novidades que as criaturas inteligentes inventavam. Fizeram máquinas capazes de voar. Construíram máquinas que podiam executar qualquer tarefa mecânica. Criaram dispositivos para ouvir frequências acústicas inacessíveis aos seus órgãos dos sentidos, ver luz que seus olhos não enxergavam, cheirar moléculas indetectáveis por seus órgãos olfativos. Inventaram aparelhos de comunicação eletromagnética baseados em silício que lhes permitiam conversar e ver uns aos outros a grandes distâncias. Fabricaram apêndices e órgãos internos para substituir partes defeituosas em seus corpos. Em alguns mundos, as criaturas aprenderam a suspender o processo de envelhecimento para poder fazer longas viagens entre sistemas estelares e ser capaz de reviver ao voltar, depois de sua geração já ter morrido havia muito tempo. Em outros planetas, as criaturas aprenderam a modificar as moléculas replicadoras e controladoras, para assim criar novas formas de vida inéditas. Em alguns casos, esses organismos artificiais acabaram por infectar e destruir toda matéria animada no planeta, mas em outros foi possível projetar as novas formas de vida para curar doenças, fornecer energia ou produzir novos tipos de máquinas — parte animadas, parte inanimadas. Em alguns mundos, as criaturas inventaram técnicas para alterar memórias em seus cérebros e, assim, ter a sensação de experiências que nunca ocorreram de fato.

A invenção mais fascinante — que veio de um planeta particularmente avançado em certa galáxia elipsoidal — foi a capacidade de separar quase por completo a mente da matéria. Depois de sofrerem durante eras com várias doenças e desintegrações que necessariamente acompanham toda matéria animada, as criaturas desse planeta desenvolveram um método para extrair as informações das células de seus cérebros e codificá-las em radiação eletromagnética de alta frequência. Esses seres eram completamente desprovidos de corpo. Eram pura energia. A única substância material que restava de cada indivíduo era uma esfera refletora muito polida, necessária para conter e confinar em seu interior as radiações mentais.

É claro que essas criaturas tiveram de pagar um preço alto para ser codificadas dessa forma. Não puderam mais se deslocar. Não puderam mais receber impressões sensitivas do mundo externo, com exceção dos sinais de outros cérebros codificados. Não puderam mais ver seus pensamentos traduzirem-se em ações. Mas houve compensações. Uma vez codificadas, essas criaturas nunca sofriam dor física. Nunca tinham desejos físicos insatisfeitos. Nunca passavam fome. Nunca passavam sede. E podiam viver por um tempo extremamente longo, extinguindo-se apenas pela lenta degradação e vazamento das informações da radiação eletromagnética que ricocheteavam trilhões de vezes entre as paredes polidas das esferas que as confinavam.

Essas criaturas incorpóreas viviam efetivamente num mundo interior. Era um mundo de pensamento puro. Era um mundo de pura mente. Montanhas, oceanos, prédios podiam ser imaginados, mas só existiam como abstrações, como leves alterações em campos elétricos e magnéticos. As sensações do tato, visão e olfato podiam ser imaginadas, mas só existiam como mudanças na frequência ou amplitude das ondas de energia que ricocheteavam, ricocheteavam. Talvez surpreendentemente, elas podiam sentir emoções. Muito tempo antes, as criaturas — em sua forma corpórea — haviam aprendido como raiva, medo, alegria, amor, ciúme e ódio se imprimiam na bioquímica e nos impulsos elétricos dos cérebros materiais. Assim, quando o conteúdo de suas células cerebrais foi analisado e codificado nas delicadas vibrações de ondas eletromagnéticas, as emoções também foram transferidas. O medo era uma modulação diagonal de frequências e amplitudes. O amor, outra. O ciúme, outra. As criaturas incorpóreas, existindo inteiramente como ondas de energia, podiam vivenciar todos esses sentimentos, se interpretarmos "vivenciar" como a sensação de reconhecer o significado de certos padrões repetitivos de energia. Entretanto, será que essa vivência diferia muito das sensações de raiva, ódio, paixão etc. nas criaturas com corpos, que reconhecem o significado de certos padrões repetitivos de substâncias químicas e partículas eletrificadas em seus cérebros materiais?

Essas criaturas incorpóreas, além de sentir emoções, tinham personalidade. Se uma criatura fora pernóstica e arrogante em sua forma corpórea original, era assim em sua forma incorpórea codificada também. Uma criatura dócil e acanhada, carinhosa, afável, insegura ou temperamental em sua forma corpórea seria igual quando reencarnada numa concentração de pura energia. Da mesma forma, se uma criatura tivesse sido pintora, música, técnica ou filósofa em sua forma corpórea, seria igual na forma codificada, pois esses talentos, destrezas e capacidades intelectuais são propriedades da mente em essência. Um pintor, por exemplo, ainda podia criar quadros, mas a estética e o desenho artísticos, a linha e a forma, seriam traduzidos em padrões de energia.

Além disso, o pintor, o músico e o filósofo podiam ter relações pessoais — amizades, negócios, ligações românticas — com outras criaturas incorpóreas, através da transmissão e recepção de radiação de uma esfera para outra. Embora tais relações fossem estritamente cerebrais, podiam ser satisfatórias. Quando duas criaturas tinham uma ligação romântica, podiam compartilhar alegria e prazer, e até certo tipo de relação sexual, tudo vivenciado nas refinadíssimas e sutis transformações de suas mentes eletromagnéticas.

Quem visita esse planeta vê cidades inteiras dessas criaturas. Só que, em vez de prédios, avenidas, domos solares, pontes, há fileiras e mais fileiras de esferazinhas de titânio cobrindo as encostas e vales. Amores, discussões, pinturas, descoberta de princípios científicos, até guerras estão acontecendo no interior dessas esferas, porém totalmente invisíveis de fora. Do exterior veem-se apenas fileiras e mais fileiras de esferazinhas, imóveis, caladas, serenas. Mas eu, que posso ver tudo ao mesmo tempo, sei o que se passa lá dentro. Sei que muitas dessas criaturas incorpóreas anseiam pelos corpos e pela vida física que um dia tiveram. São atormentadas. Receiam que, como toda a sua existência agora é interior, o mundo exterior possa ser apenas uma ilusão. Levando essa lógica um passo adiante, elas temem que até mesmo seu mundo interior possa ser ilusão: que *tudo* seja ilusão. Pois, confinadas às suas esferazinhas, como elas podem dizer se alguma coisa existe ou não? Tudo o que sabem com certeza é que pensam. Em certo sentido, isso não se aplica também às criaturas que têm corpo?

Bem e mal

"Por favor, dê-me a honra de conhecer onde vivo", disse-me Belhor logo depois que o vestido de Tia Penélope começou a desbotar. "Creio que seu tempo será bem usado."

"Sei onde você vive", respondi.

"Sabe, mas não sabe. Por favor. Será meu convidado." Como sempre, Belhor tinha um jeito de falar hipnótico, uma voz sussurrante que vinha de toda parte simultaneamente, como um vento a soprar de todas as direções. No entanto, como eu já mencionei, nenhum vento passava pelo Vazio.

Para chegar à morada de Belhor, viajamos por uma distância enorme. Uma distância infinita, na verdade. Mas há muitas ordens de infinitude, e, depois de aleph-zero, prosseguimos para aleph-vav, depois para aleph-ômega e além, entrando em reinos que eu raramente habitara. De um modo difícil de caracterizar, o Vazio tornou-se cada vez mais denso durante nossa jornada. Não que o Vazio tenha alguma substância ou massa, mas as camadas de nada tornaram-se mais comprimidas e densas, mais entrelaçadas, dando a sensação de que estávamos atravessando alguma coisa cada vez mais grossa — como uma gaze, para usar uma metáfora do novo universo. Além disso, conforme nos aproximávamos dos domínios de Belhor, a música do Vazio passava também por uma transformação, cada vez mais moldada e controlada pelos pensamentos de Belhor tanto quanto pelos meus. Fugas soturnas. Noturnos. Sinfonias melancólicas. Era tudo belíssimo, mas ao mesmo tempo inquietante e triste, como se o próprio Vazio ansiasse desesperadamente por alguma coisa. Parecia ainda que, conforme prosseguíamos, íamos descendo; mas era apenas uma sensação, pois o Vazio não tem alto e baixo, nem gravidade. Só posso relatar a impressão de descer por uma grande escadaria, para baixo, para baixo, cada vez mais afundando em alguma profundidade submersa na vaziez. Bilhões e bilhões de degraus descendentes. Até a luz ambiente do Vazio — que, como a música, origina-se na minha mente — foi enfraquecendo. Viajamos em silêncio. Passaram-se eras.

Chegamos por fim a um magnífico castelo flutuante. Suas paredes e superfícies, embora feitas de camadas de vaziez como tudo no Vazio, eram tão compactas e comprimidas que pareciam possuir materialidade. Parapeitos esculpidos com símbolos estranhos projetavam-se em direções insólitas. Torres e torreões bruxuleavam em cores pálidas, primeiro translúcidos, depois totalmente transparentes, depois de novo translúcidos. Através de grandes janelas arqueadas viam-se pátios e aleias, depósitos, grandes saguões com lustres aparatosos, sacadas e escadarias espiraladas, lagos elípticos de nadeza líquida. Cada uma dessas estruturas emergia do Vazio, vibrava e palpitava por breves momentos, depois se dissolvia no vácuo circundante. Quando as estruturas reapareciam, tinham forma diferente ou estavam em outro local. Num momento, uma torre arredondada aparecia ao lado de certa ameia; noutro, ameia e torre derretiam-se e reapareciam como uma torre de sino quadrangular no muro oposto. Cada característica arquitetônica do castelo era temporária e fugaz, obviamente, porém havia uma densidade e uma persistência momentânea que eu nunca vira em outro lugar.

Nas muralhas, eu esperava que criados e um séquito nos recebessem. Ninguém apareceu, e Belhor explicou que vivia sozinho no castelo. Ele não parecia infeliz com essa existência solitária, tampouco totalmente satisfeito — mas era orgulhoso demais para admitir a necessidade de alguma coisa que ele não tinha. Por longas faixas de tempo, ele disse, nunca saía de seu castelo. Os dois Bafomés moravam em outro lugar, é claro, e ele apontou vagamente para uma região obscura além do castelo. "Tudo isto", ele disse com um gesto abrangente, "assim como eu, surgiu quando você criou os novos universos."

"Não fiz você deliberadamente", respondi. Agora que eu havia entrado na morada de Belhor, sentia um constrangimento ao qual não estava acostumado, quase uma obrigação de fazer o que ele dissesse, ou pelo menos de mostrar simpatia mesmo a contragosto. Como se ele estivesse lentamente inalando minha independência e minha vontade. Eu era seu convidado? Um parceiro de duelos intelectuais? Ou um alvo para seu ego e força imensos?

"Não, você não me fez deliberadamente", disse Belhor. "Mas criou certas *capacidades*, digamos assim. Quando criou o tempo, o espaço e então a matéria, você criou o *potencial* para a matéria animada. E daí apenas alguns silogismos levam à existência de novas mentes. E então à capacidade de agir, para o bem e para o mal."

"E como eu destruiria você?", perguntei.

"Que pergunta interessante", disse Belhor, "e direta. Mas não acredito que deseje me destruir. Não teria ninguém com a minha inteligência para conversar. Respondendo à sua questão: não é fácil me destruir. Você só pode me destruir destruindo os mundos que fez. Isso é algo que queira fazer? Não creio. Você tem orgulho do que criou, e com toda razão." Belhor hesitou e me fitou como fizera muitas vezes no passado. "Mas por que deveríamos gastar nosso tempo falando sobre destruição na presença de tantas criações primorosas, tudo obra sua?"

Durante essa conversa, tínhamos atravessado diversos saguões enormes. Em cada um, Belhor parava para arrumar os ornamentos de um de seus muitos tronos. Quadros do Vazio adornavam os tetos tremeluzentes, forjavam-se do nada, desapareciam lentamente e tornavam a aparecer.

"Quero falar com você sobre o bem e o mal", disse meu anfitrião enquanto andávamos por um pátio interno. Frondes suntuosos de vazio debruçavam-se sobre lagos verde-claros, bordejados por diáfanos bancos, divãs e cadeiras reclináveis. Tudo era imaculado. Tudo bruxuleava numa tênue visibilidade, depois se dissolvia, depois reaparecia em forma diferente. "Existem criaturas no nosso novo universo", disse Belhor. "Criaturas de grande inteligência, que deliberadamente fazem mal e causam sofrimento. Já observou coisas assim?"

"Sim", falei. "E isso me entristece. Todo sofrimento me entristece."

"Admiro sua compaixão", disse Belhor. "Mas quero dizer que o mal, a malignidade, a cobiça, o logro, embora sejam lamentáveis, são na verdade *necessários*."

"Necessários? Eu poderia ter prevenido essas qualidades desprezíveis. Devia ter prevenido." Eu sentia que talvez fosse melhor parar de dizer coisas assim a Belhor. Ele parecia interpretar minhas simpatias como fraquezas. Belhor era uma criatura que só entendia o poder e a força. Ainda assim, uma criatura interessantíssima. Sua mente.

"Com o devido respeito", disse Belhor, parando para pegar um pedaço de entulho fugaz no piso de mosaico, "não acho que poderia prevenir esses atributos depois de ter dado existência ao universo. Essas 'qualidades desprezíveis', como você as chama, são uma parte obrigatória da existência, uma dimensão inevitável do comportamento."

"Não tenho como concordar", respondi. "Posso conceber criaturas que são totalmente boas. Se posso concebê-las, elas podem existir."

"E o que quer dizer com 'boas'?", perguntou Belhor.

"Que fazem coisas benéficas a outros, por exemplo. Que levam uma vida dedicada à beleza."

"Ah", disse Belhor. "Então, por favor, diga-me como sabe que determinada ação *beneficia* outro ser? E, por obséquio, defina-me 'beleza'."

"Você entende essas coisas tão bem quanto eu."

"Sim", disse Belhor. "Mas eu as entendo só porque entendo seus opostos. Entendo o mal. Entendo a feiura. Afirmo que o bem só pode ser definido em contraste com o mal, e a beleza em contraste com a feiura. Qualidades como essas devem existir aos pares. O bem vem junto com o mal; a beleza, com a feiura, e assim por diante. Não existem absolutos no universo, nem qualidades unitárias. Todas as qualidades estão vinculadas aos seus opostos. Venha, permita que eu lhe mostre uma coisa."

Segui Belhor por um corredor que desembocava num anfiteatro cercado por uma grande parede tremeluzente. A estrutura era finamente decorada com entalhes miúdos e delicados. Examinei mais de perto e vi que os entalhes consistiam, na verdade, em nomes — bilhões e bilhões de nomes. "Quando uma criatura no universo morre, seu nome aparece nesta parede", disse Belhor. De fato, nos poucos momentos em que nos demoramos por lá, novos nomes surgiam tão rapidamente que os entalhes se enrolavam sobre si mesmos, gerando novos brotos como gavinhas de uma planta nova. "Ouça", disse Belhor. Parecia que gemidos abafados vinham da parede. E também risadas abafadas. Mas tão longínquos que era difícil distinguir uns dos outros. Gemidos e risadas, incontáveis vozinhas, todos apinhados como se fossem um som único, um grande jorro sussurrado de existência. "As vozes gravadas dos mortos", disse Belhor. "Gravadas enquanto viviam. Tantas vidinhas, cada uma fraca demais para ser ouvida. E quem se daria o trabalho de ouvir uma ou outra no meio delas? Somadas, porém, fazem um som perceptível. Como você pode ouvir, os sofrimentos e alegrias individuais cancelam-se mutuamente. O que resta é a grande massa combinada, uma única respiração."

"Conheço muitos desses nomes", afirmei.

"Você me espanta", ele respondeu.

"Sua Parede dos Mortos é fascinante, mas não tem nada a ver com nossa discussão."

"Sim, mas eu queria que a visse. Estávamos falando sobre a existência ou não de absolutos no universo. Afirmo que não existem. Existem apenas relatividades. Isso você mesmo disse. Aliás, você não decretou que não haveria nenhum estado de absoluta quietude no novo universo? Esse não foi um dos seus princípios organizacionais?"

Olhei para Belhor sem disfarçar minha irritação. "Eu estava pensando em princípios físicos, não em princípios de comportamento ou estética. Você sabe muito bem."

Belhor riu. "Mas você não disse há pouco que a matéria animada e a inanimada deveriam seguir as mesmas regras e princípios?"

"Sim, percebo sua lógica", respondi. Belhor fez uma mesura. "Mas reflitamos um momento sobre isso", prossegui. "Posso concordar que beleza e feiura são conceitos relativos. Determinada criatura com seis apêndices no corpo poderia ser considerada belíssima em seu planeta natal e horrorosa num planeta onde criaturas semelhantes têm só quatro apêndices. Mas o comportamento é diferente, certo? Não é verdade que uma criatura que mata outra está cometendo um ato errado, em termos absolutos? Posso responder a minha própria pergunta. Se uma criatura mata outra por sobrevivência pessoal — por comida, por exemplo — não é um ato errado. Mas suponhamos que uma criatura mate outra quando alimento não é o motivo. Não podemos dizer que esse ato é absolutamente errado, sem referência a qualquer outra coisa?"

"E quanto ao caso da guerra?", disse Belhor. "Suponha que sua criatura esteja lutando numa batalha para defender sua família, sua comuna. Nessas condições, não é permissível, até honroso, matar o inimigo?"

"Sim. É um caso equivalente ao da sobrevivência pessoal."

"E quanto a matar quando sua honra foi ofendida?", disse Belhor. "Ou matar por vingança quando o filho foi assassinado? De quantas exceções mais você precisa antes de concordar que o mal absoluto não existe? Mal, bem, beleza, feiura: nada disso pode ser determinado no absoluto, sem um contexto específico."

"Talvez", respondi. Constatei que uma tempestade rugia dentro de mim. Queria deixar o castelo, andar pela nadeza aberta do Vazio. Queria espaço vazio.

"Se concordamos que não existem absolutos em nenhuma forma", disse Belhor, "então creio que provei meu argumento de que o bem só pode existir se houver também o mal. Comece com uma qualidade numa situação, e ela se torna outra numa situação diferente."

Fazia muito tempo, eras talvez, que tínhamos deixado a Parede dos Mortos e agora passávamos por um suntuoso saguão. Dois grandes tronos defrontavam-se, um em cada extremo do recinto. "Chegamos, finalmente", disse Belhor. "A Câmara do Triunfo." Belhor contemplou satisfeito o enorme salão. Sentou-se num dos tronos. "Nós dois somos mais poderosos do que qualquer outra coisa que existe, não somos? Sente-se no outro trono, amigo, ele está à sua espera. Sente-se."

"Não posso", respondi.

"Não é um trono fabuloso?", disse Belhor. "Acha que não está à sua altura?"

"Não me sentarei."

Belhor sorriu e se levantou. "Muito bem. Se não quer sentar-se no trono, também não me sentarei."

"Não terminamos nossa conversa. Ainda que você tenha feito alguns comentários válidos, não aceito o argumento. Não acredito que o mal e a feiura sejam *necessários*, como você diz. Talvez nenhuma das qualidades que discutimos seja necessária. Talvez possamos dispensar todas essas categorias. Deixemos que o universo seja como é, sem chamarmos algumas coisas de boas e outras de más, de belas ou feias."

"É um ponto de vista interessante", disse Belhor.

"Mas então me explique por que algumas criaturas sentem-se extasiadas ao ouvir música, ou emocionadas ao ver o vento soprar numa campina, ou satisfeitas por ajudar outro ser? Não precisamos chamar esses sentimentos de bons ou belos, mas ainda assim eles existem."

"Sim", concordou Belhor, "tenho de admitir. E algumas criaturas sentem prazer quando infligem dor a outras. E algumas passam suas vidinhas vivendo apenas para si mesmas. E algumas são mutiladas e feridas ainda jovens. Não temos de chamar essas coisas de maldade, egoísmo ou sofrimento. Mas elas existem. Podemos dizer que são meramente o que são."

"Não posso aceitar essas ações que você menciona, mesmo que elas sejam assim", respondi.

"Agora está falando em aceitação", disse Belhor. "Essa já é

outra questão. Temos de coexistir com coisas que não aceitamos, mesmo quando temos poder infinito."

"Nem todas as coisas podem ser contidas."

"Falou bem", afirmou. "É um imenso prazer conversar com um igual intelectual."

"É um prazer absoluto ou um prazer relativo?"

Belhor riu, e o castelo estremeceu com sua risada. "Estou muito interessado em saber o que acontecerá com seu experimento em Aalam-104729. Teremos de esperar para ver." Belhor fez um gesto em direção a uma escadaria sinuosa. "Venha, ainda não subimos até as torres."

Um estranho companheiro

Pensei. Pensei muito. Estou pensando. Pensarei.

Há eras o Vazio está quieto e parado. Tia Penélope e Tio Deva estão dormindo. É quase a serenidade de outrora, antes do tempo. Naquele imemorial momento de eternidade, antes do tempo e do espaço, todos os meus pensamentos aconteciam simultaneamente. Mas eu não tinha muito em que pensar.

Tia Penélope e Tio Deva dormem. E eu tenho pensado. Enquanto penso, a eterna música do Vazio tornou-se mais suave e mais lenta, como a respiração de um grande animal ao adormecer, com espaços cada vez mais longos entre a inspiração e a expiração, a entrada e a saída, até que se passem eras entre as respirações, até que cada respiração seja uma nota grave como um gemido.

Tenho pensado sobre Belhor. Sujeito estranho, esse. Por mais que eu deteste certos elementos de seu caráter, ele é o ser mais interessante que já encontrei. No princípio da Era da Criação, eu achava que talvez pudesse vir a conversar com algumas das criaturas mais inteligentes do novo universo. E eu ouço suas vozes. Mas elas não podem ouvir a minha. Podem ver o que fiz, mas não podem me ouvir. Sua inteligência é limitada. Sua compreensão é limitada, decerto. Pois como poderiam entender o infinito? Ou a imortalidade? Ou o Vazio? Como uma criatura com substância e massa poderia entender uma coisa sem substância e sem massa? Como uma criatura que com certeza morrerá poderia ter noção de coisas que existirão para sempre? Todos esses aspectos da existência mortal impedem uma verdadeira comunhão entre mim e o novo cosmo. Mas Belhor, como eu, não é feito de matéria e carne. Como eu, ele se desloca tanto pelo universo material como pelo Vazio e pode vivenciar não um único, mas muitos. Belhor, como eu, pode habitar um reino sem tempo e sem espaço. Como eu, Belhor é imortal. E é imensamente inteligente, até espirituoso às vezes. Ele é a minha sombra escura. É meu companheiro antípoda. É a fina linha preta. É a voz que chama na Parede dos Mortos.

Eu vou esperar, esperar, até que o tempo se esgote. E então exalarei mais tempo. Mas… nem todas as coisas podem ser contidas. Isso eu aprendi. O sofrimento e a felicidade não podem ser contidos; eles extravasam, como os eventos e o tempo. O irracional vive com o racional. Outra coisa que aprendi, e esta é sobre mim mesmo: posso arriscar. Posso agir, mesmo com dúvidas.

Admito agora, quando reflito, que "bem" e "mal" não são facilmente definidos — sejam ou não ambos *necessários*, como proclama Belhor. As próprias circunstâncias não prescrevem como alguém deve agir e se comportar? Quem pode decidir antes das circunstâncias como deve se comportar? Evidentemente, ajuda ter princípios para se orientar, mas nem mesmo eles podem sempre determinar o que é bom e o que é mau. Talvez o bem seja o que torna alguma coisa inteira, faz a vida ser harmoniosa com tudo o que a cerca. Talvez o bem, assim como a música, forme uma completude do ser, enquanto o mal divide e fratura. Esperarei,

esperarei até que o tempo se esgote. E então exalarei mais tempo. Mas nem todas as coisas podem ser contidas. Nem mesmo as questões podem ser contidas.

O Vazio está quase adormecido. Posso ver ali Titia e Titio, dormindo, e eles vão diminuindo até virarem dois pontinhos dançantes, dançando uma valsa cada vez mais lenta. Por quanto tempo dormirão? Eras. E Belhor dorme em seu castelo. Mas o novo universo não dorme. Ele se desenrola e evolui, constrói e destrói, canta, canta e rodopia em direção ao futuro.

O sonho de Tio Deva

Tio Deva acordou. Coisa rara de acontecer, ele se levantou célere, cheio de ideias e energia, enquanto Tia Penélope continuava dormindo. Ela, desde sua festa de aniversário, vem dormindo por intervalos cada vez mais longos e, quando acorda, passa mais tempo escovando os cabelos.

Tive um sonho, disse Tio D., bocejando e se espreguiçando. Não foi um sono muito reparador. Sonhei que estava fazendo uma longa caminhada pelo Vazio, por lugares onde nunca tinha me aventurado, e lá estavam elas: milhares de criaturas do novo universo, todas me implorando por uma segunda vida. Obviamente as encaminhei a você, Sobrinho. Não sabia o que dizer a elas. E você lhes disse que tinham de voltar para dentro do universo e permanecer mortas. Não aceitaram bem a notícia.

Um sonho desagradável, eu disse ao meu tio. Vejo que está perturbado.

Sim, o sono me acordou. Além disso, sua tia ronca mais alto que as espinhas afiadas de uma puia. Ninguém consegue dormir ao lado dela.

Não precisa se preocupar, falei. As formas de vida materiais jamais conseguiriam sair do universo e entrar no Vazio.

Entendo, disse Tio D. Mas elas pareciam tão desoladas... Sobrinho, agora que a coisa existe há alguns zilhões de tique-taques, não sei quantos, não poderíamos deixar que as criaturas tenham um pouquinho de uma segunda vida, pelo menos as inteligentes? Algum pequeno resquício delas que perdure? A vida delas é tão breve...

Mas elas são matéria, falei. Teria de ser um resquício não material, só que aí ele seria diferente de tudo o mais que existe em Aalam-104729. O senhor mesmo disse que as coisas no novo universo têm uma essência diferente das coisas do Vazio. É da natureza das coisas materiais morrer.

Eu sei, eu sei, concordou Tio D. com um suspiro. Mas tem de haver alguma coisa. Talvez bem no momento da morte elas possam *sentir* um pedacinho do Vazio.

Algumas delas já têm essa sensação, respondi. Pelo menos, percebem um mistério. Sentem que existem coisas grandiosas que elas desconhecem, embora não lhes seja possível conhecê-las realmente.

Isso é o que você disse antes, falou Titio. Religião. Mas um mistério é misterioso. Eu queria que elas tivessem algo além disso.

Naquele momento, ouvimos um ruge-ruge. Era Tia P. que, acordada, procurava seus chinelos. Ela se levantou, disse Titio. Mas pode esperar. Sobrinho... as figuras do meu sonho me perseguem. Ainda posso vê-las. Uma vida mortal não é suficiente. Não podemos fazer alguma coisa por elas, algo que não viole as suas preciosas regras da materialidade? Titio pegou Aalam-104729, que estava à deriva por ali. Embora se expandisse continuamente, o universo não parecia tão inchado como antes; era como se tivesse digerido bem um banquete. Há muita coisa aí dentro, disse meu tio. No entanto, posso segurá-lo com extrema facilidade. Tantas criaturas ansiando por mais vida, querendo algo mais.

Talvez possamos dar-lhes apenas um mínimo vislumbre do Vazio, falei. Mas receio que venha a ser demais para suas mentes.

Por favor, disse Titio. Tente. Eu me sentiria imensamente aliviado se as inteligentes pudessem entender que sua vida, ainda que breve, é parte de algo imortal.

Sim, respondi, creio que posso fazer isso.

No momento da morte, disse Titio. Assim, mesmo que o vislumbre seja avassalador, não aniquilará a vida delas.

Tentemos com a moça roída pela culpa que roubou comida para sustentar a família, falei. Eras atrás. Mudarei o tempo para podermos voltar à era dela. E... tive vontade de fazer algo por ela. Isso, pelo menos, será alguma coisa. Muito embora no fim de sua vida.

Obrigado, Sobrinho. Não vamos demorar? Sua tia está ficando impaciente.

Compactei Titio num pontinho, e entramos no universo. Juntos, deslizamos pelo cosmo, através de aglomerados galácticos, passando por uma galáxia brilhante após outra, até chegarmos a uma específica, um braço da espiral, um sistema estelar, um planeta, uma comuna.

Lá está ela, agora com 83 anos locais. Está deitada numa cama de porcelana na semiescuridão, rodeada pelos filhos e netos, o ar permeado pelo aroma da planta de ritual brandala. Como é seu costume, ela está deitada do lado direito, um dos olhos coberto por uma folha. Respira com dificuldade, emitindo ruídos entrecortados. Está ouvindo a respiração dela? Sim, disse meu tio, a hora deve estar próxima. Vai-se tão depressa uma vida.

Sessenta e cinco anos haviam se passado desde que ela se postara à janela em outra morada, em outra comuna, olhando para um pátio com pedras esféricas e um tádrio sobrevoando a cisterna. Logo depois daquele momento decisivo, dilacerada pela confusão e culpa, ela deixou a família, juntou-se a um grupo de mercadores itinerantes, decidiu punir a si mesma unindo-se a um vadio, deu à luz uma criança e a abandonou. Cada homem que ela encontrava, desejava que fosse seu pai. Com o tempo, um imenso remorso a dominou, e ela perdoou à mãe e a si mesma. Mas nunca perdoou os caprichos do universo. Ela e o segundo marido tiveram quatro filhos, que por sua vez tiveram filhos. Ela nunca encontrou a criança que abandonou quando jovem. Procurou durante anos, mas nunca a encontrou. E esse é seu derradeiro arrependimento, agora que está deitada do lado direito, com a respiração curta, segurando a mão de seu neto.

Ela teve momentos felizes na vida, além de frustração e tristeza?, perguntou meu tio.

Sim.

Sessenta e cinco anos passaram num instante. A vida dela esgotou-se num instante.

Ela não tem mais capacidade de ouvir. Embora um de seus olhos esteja aberto, só vê formas vagas, enevoadas. Sente-se pesada, como se não pudesse sair da posição em que está. Tem a boca seca. Não pode mexer a língua. Sua respiração soa como um arquejo, inspirações e expirações secas, sedentas.

O momento se aproxima. Ela sonha.

Através das nuvens opalinas de um sonho, ela se vê menina. Seu pai, jovem e forte, corre com ela por um gramado. Ele está tentando dizer-lhe alguma coisa, mas toda vez que fala, ela não consegue ouvi-lo. Em seguida, ela está segurando sua primeira criança, a que abandonou e que mais amou. Depois ela está andando de hábitat em hábitat fazendo suas profecias, atrás de cada porta um rosto, um aposento, uma mesa, água corrente.

Não posso acreditar que está terminado. Não quero ver. Não quero ouvir. Está ficando cada vez menor. Onde está minha filha

Leita? Onde está meu filho Mrand? Quero uma segunda vida. Quero mais vida. Por favor. Você aí. Quem é você? Que lugar é este? É para onde eu fui?

Ela entrou no meu sonho, disse Tio Deva. Ele começou a chorar.

Agora, falei. Agora ela tem o vislumbre.

A anciã deitada de lado deu um longo suspiro, um sorriso apareceu-lhe no rosto, então ela morreu.

A permanência da impermanência

E ela morreu. Naquele momento havia 3 147 740 103 497 276 498 750 208 327 átomos em seu corpo. De sua massa total, 63,7% era oxigênio, 21% carbono, 10,1% hidrogênio, 2,6% nitrogênio, 1,4% cálcio, 1,1% fósforo, mais uma ninharia de noventa e tantos outros elementos químicos criados nas estrelas.

Na cremação, sua água evaporou. Seu carbono e nitrogênio combinaram-se com oxigênio, produzindo dióxido de carbono e dióxido de nitrogênio gasosos, que se evolaram misturados ao ar. A maior parte de seu cálcio e fósforo virou um resíduo marrom avermelhado e se dispersou no solo e no vento.

Libertados de seu confinamento temporário, os átomos dela lentamente se espalharam e se difundiram pela atmosfera. Dentro de sessenta dias, podiam ser encontrados em cada punhado de ar no planeta. Dentro de cem dias, alguns de seus átomos — a água em vapor — tinham se condensado em líquido e retornado à superfície em forma de chuva, bebidos e ingeridos por animais e plantas. Alguns dos átomos dela foram absorvidos por organismos utilizadores de luz e transformados em tecidos, túbulos e folhas. Alguns foram inspirados por criaturas do oxigênio, incorporados em órgãos e ossos.

Mulheres grávidas comeram animais e plantas feitos com os átomos dela. Um ano depois, bebês continham alguns de seus átomos. Não que esses átomos tivessem rótulos de identificação. Mas certamente eram átomos *dela*, disso não há dúvida. Eu sabia quais eram. Podia contá-los. Aqui, aqui e aqui.

Vários anos após sua morte, milhões de crianças continham alguns dos átomos dela. E os filhos dessas crianças haveriam de conter também alguns. A mente deles conteria parte da mente dela.

Esses milhões de crianças, por gerações e gerações futuras, saberão que alguns de seus átomos reciclaram-se através dessa mulher? Não é provável. Sentirão o que ela sentiu em sua vida, suas memórias terão toques passageiros das memórias dela? Terão alguma lembrança daquele momento, tanto tempo atrás, em que ela se postou à janela, roída pela culpa e confusão, e ficou olhando o tádrio sobrevoar a cisterna? Não, isso não é possível. Terão alguma vaga noção do vislumbre que ela teve do Vazio? Também não é possível. Não é possível. Mas deixarei que tenham seu próprio vislumbre do Vazio, bem no momento em que passam de vivos a mortos, de animados a inanimados, de conscientes a sem consciência. Por um momento, eles compreenderão a infinitude.

E os átomos individuais — reciclados pelo corpo dela e depois pelo vento, a água e o solo, reciclados através de gerações e gerações de seres vivos e mentes — se repetirão e se ligarão e formarão um todo com as partes. Embora sem memória, eles fazem uma memória. Embora impermanentes, fazem uma permanência. Embora dispersos, fazem uma totalidade.

Veja, Titio, está feito.

Inteligência material

Eras passaram-se no universo. Mas no Vazio eras podem ser momentos.

"O Vazio parece não ser mais como antes", disse Belhor. "Você não acha?"

"Parece muito mais vazio", falei.

Belhor riu. "Não é fascinante que uma coisa totalmente vazia possa ficar mais vazia? Muito tempo atrás, eu predisse que o novo universo nos mudaria. E de fato. Nós nos tornamos muito mais cheios, e tudo o mais se tornou mais vazio. Mas o novo universo já não é tão novo, não é mesmo?"

"Tem quase $2,5 \times 10^{33}$ tique-taques atômicos de idade."

"Está morrendo", disse Belhor. "Muitas estrelas já se extinguiram. Até um universo morre."

"Para mim, já vai tarde", disse Bafomé Maior, que vinha atrás de Belhor e de mim em nosso passeio pelo Vazio. "Aquele lugar tinha alguns indivíduos desagradáveis."

"Alguns indivíduos *muito* desagradáveis", disse Bafomé Menor, que vinha alguns passos atrás de Bafomé Maior. "Mas demos uma lição a vários deles, não demos? Demos a eles uma boa lição."

Bafomé Maior virou-se com uma carranca para Bafomé Menor, depois deu uma cambalhota para trás. Com isso, o menor deu sua própria cambalhota desajeitada. O bicho maior parou e mostrou ao outro como se curvar durante o giro.

"Nenhum de vocês devia ter interferido", falei. "Eu não interferi."

"Permita que eu me desculpe pelo entusiasmo dos meus companheiros", disse Belhor. "Mas não alteramos o curso dos eventos de nenhum modo significativo. Meramente observamos. E, se fizemos mais do que observar, foi só para dar um empurrãozinho em capacidades e tendências já presentes, em eventos já em movimento."

"Você tem um jeito tortuoso de dizer as coisas."

"Está começando a me conhecer", respondeu Belhor. "Entretanto, creio que todos nós concordamos que a coisa tinha lá sua inércia. O universo e seu conteúdo, incluindo a mente deles, parecia saber desde o princípio para onde rumava."

"As civilizações mais avançadas sempre me assombravam", falei. "Por si mesmas, descobriram os meus princípios organizacionais. Sem muito no que se basear. Fiquei impressionado."

"Sim", disse Belhor. "Impressionante. Mas nenhuma delas descobriu a Causa Primeira."

"Não, isso teria sido impossível. Com seus cálculos, podiam voltar muito no tempo, voltar até o ponto em que o cosmo tinha apenas uma fração de tique-taque de existência. Mas não havia como voltar ao princípio."

"É claro que não", disse Belhor. "Eles não podem sair da esfera que habitam. Nem sequer podem ver as paredes da esfera. Com toda a inventividade que têm, ainda são insetos se comparados conosco."

"Eles existem em três dimensões. Mas seria a mesma coisa em cinco ou cem. Como você disse: eles não podem sair do espaço que habitam. Não podem sequer imaginar o Vazio."

"Eu, pelo menos, não me sentiria confortável se eles imaginassem o Vazio", respondeu Belhor. "Que vivam e expirem dentro de sua esferazinha. No geral, foi um experimento interessante."

"Experimento? Experimento?", disse Bafomé Maior. "Ninguém me contou que estávamos fazendo um experimento."

"Ninguém me contou também", concordou Bafomé Menor, fingindo que começava a soluçar. "Ninguém nunca me conta nada."

"Aprendemos alguma coisa sobre do que é capaz uma mente material", disse Belhor. "É capaz de grande bondade, mas também de grande maldade. E, em ambos os casos, em grau mais extremo do que eu pensava. Mas é isso que acontece com a inteligência."

"Será uma consequência da inteligência ou da materialidade?", indaguei. "Porque *nós* temos inteligência ainda maior."

Belhor sorriu e nada disse.

Nihāya

E o universo continuou a envelhecer e se desgastar. Uma a uma, as estrelas esgotaram seu combustível nuclear. Sem reabastecimento, seu calor interno dissipou-se lentamente. E sem calor e pressão que as sustentassem contra a atração interna de sua própria gravidade, as estrelas esgotadas contraíram-se, encolheram e minguaram até serem rescaldos frios e opacos flutuando no espaço.

Os planetas em órbita dessas estrelas mortas deixaram de ter uma fonte imediata de energia. Em consequência, suas formas de vida não puderam mais sustentar-se. Aqui e ali, umas poucas civilizações haviam criado suas próprias fontes de energia, independentes de suas estrelas centrais, mas toda energia é limitada, e com o tempo também esses recursos se esgotaram. Em eras passadas, depois que a primeira geração de estrelas se extinguiu, uma segunda geração formara-se da contração de grandes nuvens de gás. Agora, porém, o universo se expandira e se dispersara tanto que o gás que enchia os imensos espaços entre as estrelas era demasiado rarefeito e esparso, totalmente incapaz de formar novas estrelas. A gravidade, outrora a criadora de estrelas e de vida, a essa altura era apenas uma débil força no universo.

Lentamente, lentamente, a matéria animada extinguiu-se. A minúscula fração de matéria no cosmo que fora viva, o pouquinho de massa que existira sob a forma de seres que viviam e respiravam diminuiu e chegou a zero. Novamente Aalam-104729 era uma esfera de matéria morta, sem formas de vida. Só que agora toda a sua energia tinha uma forma inutilizável. O potencial para a vida fora utilizado e se exaurira. O único futuro para Aalam--104729 era continuar a expandir-se, tornar-se mais obscuro e esparso, com as partículas de matéria morta distanciando-se sempre mais umas das outras.

Chegou um ponto no tempo em que uma só galáxia ainda abrigava vida. Tio Deva chamou-a de Nihāya. Em todas as outras galáxias, as estrelas haviam sumido gradualmente; mas nessa ainda brilhavam alguns pontos de luz. Chegou um ponto no tempo em que um único planeta dessa galáxia ainda continha vida. Os seres inteligentes desse planeta entenderam que o universo estava morrendo, que seus dias como civilização estavam contados. Mas não podiam saber que eles eram os últimos no universo. Criaram pinturas, músicas e livros para celebrar o fim de sua existência, porém não sabiam que não haveria seres no futuro para apreciar tais coisas. As últimas formas de vida nesse planeta foram, de fato, insetos e plantas. Chegou um ponto no tempo em que eles também se extinguiram. E a vida no universo cessou.

"Você se arrependeu?", Belhor perguntou. "Sabendo que haveria sofrimento, faria novamente o universo?"

"Lamento que tenha havido sofrimento", respondi.

"Sim, mas você faria de novo?"

Entrei em Aalam-104729 e passei pelas galáxias apagadas,

pelos planetas apagados, pelas estrelas apagadas. Novamente ouvi vozes. Vozes de civilizações passadas que sonhavam com a imortalidade.

Um homem sábio, reconhecendo que o mundo é apenas uma ilusão, não age como se fosse a realidade, e assim escapa do sofrimento.

E o firmamento, nós o construímos com poder e habilidade e, em verdade, nós o estamos expandindo.

Os sentidos são superiores ao corpo; a mente é superior aos sentidos; acima da mente está o intelecto; e acima do intelecto está o Ser.

As coisas que se veem são temporais, e as que se não veem são eternas.

Um vestido novo para Tia Penélope

Do exterior, Aalam-104729 tinha a mesma aparência de sempre. Tia Penélope pegou-o, chacoalhou, tentou ouvir. Suspirou. E então, Sobrinho, como fará o próximo? Pelo que me lembro, você queria tudo maior.

Mudei de ideia, falei. Quero que o próximo seja igual.

Enquanto conversávamos, bilhões de universos ocos voavam pelo Vazio, todos esperando, esperando. Zumbiam, cuspiam e guinchavam.

O próximo não será igual, disse Tio Deva.

Não, não será. Mas não me desagradaria se fosse bem semelhante.

Acho que todos nos afeiçoamos um bocado pela coisa, disse Tio D.

Sim, falei. E pelos habitantes.

Era um encanto, disse Tia P.

Era uma coisa bonita, Titio afirmou. Tinha beleza. E alegria. E tristeza.

Tinha tudo isso, respondi. Tinha tudo.

Tudo, não, disse Titia. Não tinha imortalidade.

Não, não tinha, concordou Titio. Mas acho que talvez tivesse alma, no fim das contas.

Uma alma *mortal*?, retrucou Titia. Às vezes não sei sobre o que você está falando, Deva.

Esse universo se foi agora, falei. É da natureza das coisas. Mas sinto falta dele.

Haverá outro, disse Tio Deva. E outro depois dele.

Sim.

Muito bem, Sobrinho, disse Tia P. Estou ansiosa para ver como será o próximo. Ao trabalho.

Não O apresse!, exclamou Titio. Ele precisa de calma.

Sim, sim, concordou Titia. E, só para vocês dois ficarem sabendo, eu gostaria de um vestido novo do próximo universo, igual àquele de antes.

Certamente, querida, Titio respondeu.

Notas

ORIGEM DOS NOMES

Aalam é um nome muçulmano; significa "universo". *Belhor* — também chamado de Belial, Baalial e Beliar — é uma figura demoníaca nos textos apócrifos cristãos e hebraicos. *Bafomé* é uma deidade pagã do século XII no folclore cristão; e no século XIX aparece como uma figura satânica. *Deva* vem do sânscrito e significa "divindade". *Nihāya* — do árabe, "término" — é uma palavra usada para indicar o final nas histórias árabes e na poesia sufista. *Ma'or*, de origem hebraica, significa "estrela". *Al-Maisan* vem do árabe e significa "brilhante".

CIÊNCIA

A criação física de matéria e energia, galáxias, estrelas e planetas, assim como o surgimento da vida, obedecem aos melhores dados e teorias atuais da física, astronomia e biologia. Todas as discussões quantitativas sobre os diversos eventos cósmicos são cientificamente acuradas. A unidade de tempo usada pelo Senhor D.— o "tique-taque de um relógio de hidrogênio" — é a recíproca da frequência da emissão Lyman-alfa do átomo de hidrogênio, aproximadamente igual a 4×10^{-16} segundos.

NÚMEROS

Não há razão para que o Senhor D. use a base 10 quando menciona números, mas essa base é usada aqui por ser o sistema numérico mais conhecido pela maioria dos leitores (terráqueos).

ORIGEM DAS CITAÇÕES NO FIM DO CAPÍTULO "NIHĀYA"

"Um homem sábio, reconhecendo que o mundo é apenas uma ilusão [...]."
— máxima de Buda

"E o firmamento, nós o construímos [...]."
— Alcorão, 51,47

"Os sentidos são superiores ao corpo [...]."
— Bhagavad Gita 3,42

"As coisas que se veem são temporais [...]."
— Novo Testamento, 2ª Coríntios 4,18

ESTA OBRA FOI COMPOSTA PELA SPRESS EM ELECTRA E IMPRESSA EM OFSETE
PELA GEOGRÁFICA SOBRE PAPEL PÓLEN SOFT DA SUZANO PAPEL E CELULOSE
PARA A EDITORA SCHWARCZ EM FEVEREIRO DE 2017

A marca FSC® é a garantia de que a madeira utilizada na fabricação do papel deste livro provém de florestas que foram gerenciadas de maneira ambientalmente correta, socialmente justa e economicamente viável, além de outras fontes de origem controlada.